庫

乱

矢野 隆

講談社

乱

一

森の中をなにかが駆《か》けていた。

男。

青年と呼ぶには若く、少年と呼ぶにはわずかに歳を重ね過ぎているように思える。

汚《よご》れていた。

身につけた衣はいたるところが破れ、ぼろ布と見分けがつかない。ほつれた袖から、泥《どろ》だらけの腕が伸びている。寸法が合っておらず、肘《ひじ》から先が剝《む》き出しであった。ぼろぼろの腰帯で、童《わらべ》の衣をむりやり身体に巻きつけているといった様子である。

裸同然である。

とうぜん草鞋《わらじ》などはいている訳もなく、泥と埃《ほこり》で爪先まで真っ黒に染まった足で、草ぶかい山の中を駆けている。

男には名前がなかった。名前というものがなんなのか自体、男はよく知らない。

そもそも男には名前など必要なかった。

他人と己を区別するため、人が別の誰かと生きるため、名前は存在する。他人という存在がなければ、名前などなくてもなんの問題もない。

男は一人だった。

だから名前もなかった。

いや……。

本当はある。そして彼自身、己の名をぼんやりとだが覚えてもいる。使う場所も必要もないから忘れかけているというだけであった。

虎《とら》。

それが彼の記憶の中で、唯一名前と呼べる言葉だった。

幼い頃のおぼろげな記憶の中で、彼が覚えている他人は母だけだった。白く霞《かす》んだ遠い記憶の片隅で、母はいつも優しい微笑《ほほえ》みを浮かべていた。

母は彼のことを虎と呼んだ。褒《ほ》める時も、叱《しか》る時も、母は虎という名を、まず最初に口にした。

だから男は、己が虎だということは知っている。が、それが名前というものであることも、他人と自分を分かつものだということも、わかっていない。

〝とら〟という二つの音と、自分が心の中で結びついているというだけのことでしかなかった。

草木の中を駆ける。

虎が大地を蹴《け》るたびに、腰帯のあたりで、かちゃかちゃと音がした。

刀だ。

大刀《だいとう》ではない。漆黒《しっこく》の鞘《さや》は、ところどころ漆《うるし》が剝《は》げ、木肌があらわになっている。柄糸《つかいと》もほつれが目立ち、鍔元《つばもと》に近い部分は千《ち》切《ぎ》れかけていた。ぼろぼろの小刀を、これまたぼろぼろの腰帯に差している。

人の容《かたち》はしているが、どこからどう見ても獣《けもの》である虎の腰に、刀などという人の道具は、一見ちぐはぐな物のように思える。しかし、腰に刀を差した虎の姿は、どこか不思議と様《さま》になった。

母が残してくれた物だった。形見という言葉を虎は知らない。ただ母が死んだ時、残っていたのがこの刀だけだった。

幼かった虎は、動かなくなった母をずっと見ていた。朽《く》ちてゆく母を、一人見守っていた。

母が死んだことを悟ったのがいつだったのか、しっかりとは覚えていない。ただ、日に日におぞましい姿に変わってゆく母を恐れ、二人で暮らしていた小屋を飛び出したのが、母を見た最後だったのを覚えている。

それからどれくらいの時が流れたのだろうか。気が遠くなるくらい太陽が東から西へと現れては消え、消えては現れを繰り返した。一日一日を無心で生きているうちに、虎は大きく成長した。

山が虎を強くした。

触れてはいけない茸《きのこ》がどれなのか、摘《つ》んではいけない草はどれなのか、山に息づく生きとし生けるものの中で、己が糧《かて》となるものがなんなのか。それを教えてくれたのは母だった。一人になってからも虎は母の教えを忠実に守った。

獣も狩る。肉を喰《くら》うと力が出た。だから、虎は肉を好んだ。幼い頃は兎《うさぎ》や蛇《へび》しか獲《と》れなかったが、いまでは鹿《しか》や猪《いのしし》も殺せる。狩るのも捌《さば》くのも、全部腰の小刀でこなした。

眠くなったら寝る。寒い時は枯れ葉をたくさん集めて、そのなかで眠った。

喰う時も一人、寝る時も一人。

孤独という感覚は、虎にはなかった。生きるのに必死で、寂しいなどと思う余裕はなかった。

どうしても喰い物が見つからない時は、里に下りる。

山にはないうまい食べ物が、里にはたくさんあった。里という言葉も、母が教えてくれた。里に行ってはならぬと言われていたが、母が死んだ次の冬には、飢えに耐えかね山を下りた。

里には虎と同じような姿をした者たちがたくさんいた。

里の者は、虎のことを見ると恐ろしい形相で追い払う。刃物を振り回したり、石を投げてきたりして、虎を追うのだ。

だから虎は、里の者たちが嫌いだった。喰い物に困った時だけ、密かに山を下りて里に行く。そうして里の者の目を避けながら、食べ物を探す。

この日も、里に下りた帰りだった。

両手に目一杯の大根《だいこん》を抱え、山の中を駆ける。

盗んだ。

盗みが悪いことだということも、虎にはわかっていない。他人との関わりを拒絶して生きていた母に、善悪を諭《さと》してやるだけの余裕はなかったのである。善悪の別さえわからぬ虎が、駆ける理由はひとつしかない。追われているから逃げる。それだけだ。

大根を盗もうとしていた時、里の者に見られた。里には虎のように骨ばったのと、母のように柔らかそうなのがいるが、虎が見られたのは骨ばった奴《やつ》のほうだった。虎は男と女という二種類の人間がいることを、いまひとつよくわかっていない。骨ばった奴、それが男で、柔らかそうな奴が、女である。

干してあった大根に手を伸ばしているところを男に見られた。男は大声で仲間を呼んだ。その時にはすでに大根を両手に抱え、走りだしていた。

囲まれそうになりながら里を脱し、一目散に山を駆け登った。背後からは男たちの声が聞こえているが、目もくれなかった。

生きる……。

母が教えてくれた言葉だった。

飯《めし》を喰い、糞《くそ》をし、寝て起きる。それが生きるということだ。そう教えてくれた母は、動かなくなる直前、虎を呼びこう言った。

「虎……。強く、誰よりも強く生きなさい」

優しく語った母の声が、いまでも耳の奥に残っている。生きろと語り、母は死んだ。

しかし。

母の末期《まつご》の言葉が、虎を生かし、支えている訳ではなかった。

腹が減るから喰う。

眠いから眠る。

それだけなのだ。欲望という言葉の意味すら知らない虎にとって、生きるのは単純なことだった。

疑問などない。

それで良かった。

「そこだっ」

男の叫び声が聞こえた。

簡単な言葉なら、虎にもわかる。

見つかった……。心にそうつぶやいた。

「撃てっ。良いから撃てっ」

今度はなにを言っているのか、いまひとつわからなかった。

〝うて〟という言葉がなにを意味するのか考える間もなく、背後でけたたましい爆音が鳴り響いた。

足に激痛が走る。

両手に抱えた大根をばらまきながら、虎はその場に倒れた。

「やったか」

「たぶん、やった」

大声とともに、草木を掻《か》き分《わ》ける音が聞こえる。

激しい音が段々と近づいてきた。

「いたぞっ」

「こいつめ」

頭をつかまれ、引き起こされる。その刹那《せつな》、男の拳《こぶし》が、鼻っ面を思いきり殴《なぐ》った。

「よっくも、うちの家の物を盗んでくれやがったな」

大根を盗もうとしていた虎を見つけた奴だった。

取り囲んでいるのは五人。皆、男だ。その中の一人が、長い筒を持っている。その先から細い煙が出ていた。

「最近、村の畑を荒らしてる猿《さる》ってのは、おめぇのことか?」

殴りつけた男が語りかけてくる。〝さる〟という言葉だけが、虎の頭に残った。

「なんとか言えっ」

蹴ってきた。

両手と両足で跳ねた。

足の傷は深くない。

動ける。

蹴りを放った男の足が空を切った。

虎の身体が、男の頭上を舞う。

落下すると同時に、思いっきり頭を振った。蹴りを空ぶりした男の額に、虎の頭が炸裂《さくれつ》する。

乾いた音が山中に響く。

「ぎぃやぁぁぁぁぁぁぁぁぁぁぁぁぁっ」

顔を押さえながら男がのたうち回る。指の隙間《すきま》から、血が溢《あふ》れ出していた。

「てっ、てめぇ……」

男たちが、いっせいに動き出した。

が……。

すでに男たちの視界から虎は消えている。

きょろきょろと顔を動かす男たちの一人に狙いを定め、背後から近寄った。

飛ぶ。

思いっきり突き出した足で背中を蹴った。

男は前のめりになり、顔から地面に激突し、三回転して止まった。

白目を剝いたまま動かない。

倒れた男を見る虎の視界の端で、銀色の光が瞬《またた》いた。

とっさにその場にしゃがみこむ。

頭の上を風が抜けた。

まだ動いている三人のうち、長い筒を持っていない二人の手に、いつの間にか刃物が握られている。

鎌《かま》だ。

「どうやら人みてぇだが、こうなったら殺《や》っちまう方が早《はえ》ぇ」

「村の作物に手を出す奴は許さねぇ」

鎌を構えてじりじりと間合いを詰めてくる二人。その背後で長い筒を抱えた男が見守っている。

「日照りと不作で、儂《わし》らも必死なんじゃ。おめぇみてぇな奴に喰わせるような作物はねぇんだ」

「悪《わり》ぃが死んでくれ」

悪意が虎に向けられる。

虎は、まったく動じない。むしろ怯《おび》えているのは、男たちの方である。

虎を囲んだ者たちは皆、百姓だ。人を殺したことなど、ある訳もない。

鎌を持った二人の喉《のど》が、大きく上下した。

男たちが鎌を振り上げる。

虎は一気に間合いを詰めた。

驚いた顔が眼前にある。

両手を広げ、そのまま男たちの顔面の方へと伸ばした。

掌《てのひら》で鼻と口の間の溝を打つ。

「ぶふぅぶっ」

奇妙な叫び声を上げ、二人が同時に後ろに倒れた。

長い筒を持った男の方を見る。残ったのはその男一人だった。

筒の先端が虎の方へと向けられている。

最前、煙が出ていた所だ。

首筋がひきつるような感覚をおぼえた。森の獣が決死の一撃を繰り出す時に感じる首筋のひきつりである。

獣の勘《かん》が、虎の身体を地面に転がした。頭を抱えるような格好のまま前のめりに転がり、男に近づいた。その瞬間、転がる身体よりもずっと上の方で、爆音が鳴り響いた。

先刻の爆音の正体が男の持つ長い筒であることに、この時はじめて気づく。

「ひっ、ひぇぇ」

男の悲鳴を聞きながら、虎は立ち上がった。

立ち上がる拍子《ひょうし》に、男の顎《あご》を頭で思いっきり突き上げる。がつんという音とともに、男が筒を抱えたまま後ろに倒れた。

五人が動かなくなった。

最初に虎を殴った男の方へ近づく。しゃがみこみ、顔を押さえて苦しむ男の腕をつかんだ。

「たっ、助けてくれぇ」

手を退《の》けると、涙と血でびしょびしょに濡《ぬ》れた顔があった。

哀願する男の顔をじっと見つめたまま、虎は唇を震わせる。

「お……」

喉と腹に力をこめ、声を発する。男の口から悲鳴が消えた。

「助けて」

「お、おれは」

やっと言えた。

言葉を口にするのがいつ以来なのか、虎にはよくわからない。母と暮らした小屋を飛び出してから、言葉を発したのは数えるほどである。しかも独り言ばかり。他人と会話を交わしたのは、もしかしたら初めてかも知れない。

「おれは」

男は黙って聞いている。

「おれはさるではない」

「え？」

男が首を傾《かし》げた。さっきの言葉を忘れている。男は、虎のことを猿と言った。たしかに言ったのだ。

「おれはさるではない」

腕を握る手に力が籠る。男は泣き叫びながら何度も頭を上下させた。

「わ、わかった。おめぇが猿じゃねぇことはわかったから。た、助けてくれぇ」

「おれはとらだ」

「虎？」

「そうだ、とらだ」

言いながら腕を放した。

男が虎に背を向ける。そして這うように逃げ出す。虎は動かずそれを見ていた。他の男たちも、逃げ出しはじめた。

「おれはとらだ」

誰も聞いてはいない。

「とらだ……」

五人の姿が見えなくなった。

血と泥で汚れた大根を両手に抱え、山奥を目指し歩きだした。

草木を分け、山を登る。獣道とも呼べない斜面を歩む。

甲高《かんだか》い鳥の啼《な》き声が、どこからともなく聞こえた。

おもむろに見上げる。茂る木々の間から眩《まぶ》しい光が差しこみ、眼を白色の帳《とばり》で覆《おお》う。

また鳥が啼いた。

急に胸が苦しくなる。見えない力が、虎の胸を押さえていた。

光に慣れた目で鳥を探す。

いない。

得体の知れない力が胸の奥を締めつけている。

胸の苦しみが、寂しさという感情だということを虎は知らない。

物心ついてから母以外の人間と接したことがない虎には、寂しさを感じるという実感などある訳もない。生き物が自然に持つ、曖昧模糊《あいまいもこ》とした心の細波《さざなみ》が、虎の胸を締めつけている。それが里の男たちと触れ合ったことで喚起された情動だということも、心の奥深くで他人を求めているのだということも、虎にはわかっていない。

なにかに急《せ》かされるように斜面を駆けた。叫びたい気持ちをぐっと堪《こら》え、虎は足元に目を落としたまま走りつづけた。

視界が開ける。

海……。

山の稜線《りょうせん》がなだらかに下り、その先に里が見える。里の向こうには澄《す》んだ海が広がっていた。陽光に照らされた水面《みなも》が、眩しいほどに輝いている。

海の向こうには、また陸地があった。広い海のど真ん中に突き出した巨大な山。蒼《そう》天《てん》と青海《せいかい》の狭間《はざま》にそびえる雄々《おお》しい姿が、虎の心を強く揺さぶった。

あそこにはなにがある？

あの海を越えれば行けるのか？

あそこにも己と同じ形をした生き物がいるのか？

それともまだ自分が知らないなにかがあるのか？

「おおおおおおおっ」

騒ぐ心を捻《ね》じ伏《ふ》せたくて、遥《はる》か向こうに見える山に向かい、虎はいつまでも叫びつづけていた。


三日後、また里に下りてきた。

この前、見つかった里だ。

盗んだ大根は食べ尽くした。

だから里に下りた。

いや……。

本当は違う。

里の者に逢ってみたい。

なんとなくそう思った。

おれはとらだ……。

久しぶりに発した言葉が、虎の心を揺り動かしていた。

母以外の者と言葉を交わした記憶のない虎にとって、先日の男とのやりとりは鮮烈な印象を心に焼きつけた。怯えて逃げた男の耳に、虎の言葉など聞こえている訳もない。しかしそんなことなど関係なかった。他人を思いやることなど知らない虎にとって、言葉を交わしたという事実だけがすべてだった。

田畑の食い物など目もくれず、人を探しつづける。

逢いたいという衝動さえ明確なものではなかった。とにかく心が騒ぐから里に下りた。そして、無性に気になるから人を探す。

それだけだ。

粗末な藁《わら》葺《ぶ》き屋根の家並がつづいている。どういう訳か、往来に人の姿はなかった。

あたりをうかがいながら里を歩く。

男たちがぶつけてきた敵意など、すっかり忘れてしまっている。人に見つかればどんな目に遭うのかということも、いまの虎の頭にはなかった。

とにかく人に逢いたかった。逢ってまた、言葉を交わしたかった。

ふと、道の真ん中に転がっている物に目がいった。

緑色の野菜。

胡瓜《きゅうり》だ。

瑞々《みずみず》しい胡瓜を、虎は手に取る。

その時だった。

宙に浮くような感覚を覚える。いや、本当に浮いていた。

身動きができない。

網《あみ》に囚《とら》われていた。

「やったっ」

おびただしい声の洪水が、耳をふさいだ。網の中で身をすくめる虎の目の前で、往来に並ぶ家からつぎつぎと人が飛び出してくる。それまで閑散としていた里が、虎を中心にして一気に活気に満ちた。

「こいつが里に入ったのをよく見つけたなぁ」

騒々しい声の大波の中で、そんな言葉がはっきりと聞こえた。

「罠《わな》を張った甲斐《かい》があった」

そう言いながら目の前まで歩いて来たのは、先日山の中で語りかけた男だった。男の顔の傷はまだ癒《い》えておらず、赤黒い痣《あざ》になっていた。

「さんざん、作物を荒らしやがって」

片方の頬を思いっきり引き上げながら、男がつぶやいた。背後で、口元に笑みを浮かべた人々が、虎をにらんでいる。

「殺《や》っちまえっ」

誰かが叫んだ。虎は尻に痛みを覚えた。網に向かって棒《ぼう》が突き入れられている。

「ぐううっ」

威嚇《いかく》の声を上げた。その声に、人々が身を強張《こわば》らせる。

「や、やっぱり獣だ……。こいつは人じゃねぇ。獣だ」

「猿だっ」

「殺っちまえ。村の作物を荒らす獣は殺しちまうのが一番だっ」

次々に突き入れられる棒。中には鎌のような刃物まで紛《まぎ》れている。虎はおびただしい悪意に晒《さら》されながら、痛みに我を忘れていた。

「ぐぉぉぉっ」

濡れた牙《きば》で網を喰い千切ろうとした。その様を見た人々が、さらに激昂《げきこう》する。

「こいつ、腰になんか差してるぞっ」

誰かの声。

腰帯から小刀が抜けた。

赤黒い痣の男に渡される。

「なんだこりゃ？」

言いながら男が小刀を抜いた。ところどころに刃こぼれはあるが、錆《さび》ひとつない。きらきらと銀色に輝いている刀身が、男の顔を照らしていた。

「小汚《こきたね》ぇ刀だな」

ぼろぼろの拵《こしら》えを見つめ、蔑《さげす》むように笑みを浮かべる男が周囲に、小刀をかざしてみせた。

「かえせ……」

腹から声を絞り出す。

人々が息を呑んだ。

「それをかえせぇぇぇっ」

最後の方は咆哮《ほうこう》だった。

男に噛《か》みつかんばかりの勢いで、網から手を突き出す。吊っている網が、激しく揺れた。

人々が恐れて仰け反《のぞ》る。

「かえせっ、かえせぇぇぇっ」

知っている言葉を繰り返す。

「山猿の分際で、こんな物持つなんざ百年早ぇ」

男の言葉に皆が笑う。虎の眉間《みけん》から鼻にかけて幾筋もの皺《しわ》が浮かぶ。

「そんなに大切な物なんか、これは？」

切っ先を虎に向けながら、男が問う。

〝大切〟という言葉が何を意味するか、虎は知っていた。

母が残した物だ。

大切に決まっている。

「かえせ」

虎の頭にある言葉の中で、これが一番適当なものだった。同じ言葉を繰り返す虎の姿を、勝ち誇ったように男がながめる。

「わかった……」

右手に持った小刀をひらひらと振って、周囲の者たちを見渡す。ひとしきり見回すと、虎をにらんだ。

「おめぇがちょくちょく盗んでいた物は、俺たちの大事な物だ」

「そうだっ」

肯定の声が人垣から飛ぶ。聞くでもなく男は微笑んでから、ふたたび口を開いた。

「おめぇのような山猿に恵んでやる余裕なんざ、俺たちにはありゃしねぇんだよ」

「かえせぇ」

男が語っている最中も、虎は小刀に向かって手を伸ばしつづける。

「人の話は黙って聞けっ」

男の手が動いた。

網から出した腕に痛みが走る。

小刀の先端が、わずかに血で濡れていた。

怒りが虎の全身を痺《しび》れさせる。

男を殺したかった。

なぜこんな目に遭わなければならないのか、虎にはわからない。

ただ腹が減っていただけだ。

喰える物を手にした。

それが誰のものなのかなど虎は知らない。

男を殴ったのもそうだ。

追ってきた。

自分を傷つけようとしたから、殴った。

それのなにが悪い。

男が語る言葉は、虎の耳に入ってはいなかった。母が残した小刀を、目の前の男が奪った。その怒りだけが心を支配している。

「おめぇは人じゃやねぇ。山猿だ」

人じゃない……。

男の言葉に胸が痛んだ。小さな棘《とげ》が刺さったような痛み。それがなんなのか理解はできない。とにかく男が人ではないと言った瞬間、胸が痛んだのだけはたしかだった。

「人里を荒らす猿は、始末されて当然だ」

「かえせぇ」

小刀に伸ばした腕から血が滴《したた》り落ちた。

「殺せ、殺せ」

男の周囲に群がる者たちが、誰ともなくつぶやきはじめた。

嫌な感じ……。

得体の知れないおぞましさに、虎は身をすくめた。真夜中の山中で一人眠っている時に、不意に獣に狙われた時のような心地に似ていた。

殺せという言葉が、虎のすすけた肌を震わせる。

「ぐるぅぅぅっ」

歯を食いしばり威嚇する。

虎を囲む輪が、徐々に狭まってゆく。

「俺たちだって必死に生きてんだ。悪く思うなよ」

小刀を握った男が、微笑をたたえたまま近づいてくる。

「やめてっ」

　殺意の輪の外から、甲高い声が聞こえた。皆が動きを止める。そして声のした方へと、一斉に顔を向けた。

　人の群れが割れる。

　少女だ。

　輪を掻き分け、一人の少女が虎の前に飛び出した。

「兄様《あにさま》っ」

　小刀をつかんだ男に向かって少女が叫ぶ。顔を背《そむ》ける男から、少女は視線を逸《そ》らした。

　振り返る。

　虎と少女の視線が交わった。

　震えが全身を駆けめぐる。寒気ではなかった。恐れでもない。全身が震えているくせに寒くはない。

　光をたたえた少女の瞳《ひとみ》に吸いこまれそうになる。

「この方は人ではありませんか」

　少女がつぶやく。

「こいつは山に暮らす身寄りもいないはぐれ者だ。里の作物を荒らす山猿と、なんら変わりねぇ」

小刀を手にしたまま男が答える。少女は力強く振り向いて、男と正対した。

「それでもこの方は人です」

屹然《きつぜん》と言い放った少女の言葉に、男がうろたえた。

「人は皆、神の前では哀れな子羊です。この方も皆様を苦しめたくて盗みを働いた訳ではありません。きっとお腹を空かせていたから仕方なく山を下り、皆様の作物に手を出してしまったのでしょう」

少女がふたたび虎を見た。

また身体が震えた。

「でうす様の慈悲深い御心《みこころ》は、このような方をこそ御救いになられるのです」

「でうすさま……」

吸いこまれるような瞳を見つめたまま、虎は忘我《ぼうが》のうちにつぶやいていた。

二

人の輪の中で、少年はなにをするでもなく佇《たたず》んでいた。

納屋である。この辺《あた》りでは名の知れた農家の納屋であった。鋤《すき》や鍬《くわ》のような農具や藁束《わらたば》などが雑然と転がる中で、少年は男たちが作る輪の片隅にいた。

「四郎《しろう》」

誰かが少年の名を呼んだ。少年は、声のした方をぼんやりとした眼差しで見た。

「聞いておったのか？」

眉間に深い皺《しわ》を寄せ、にらんでいるのは彼の父だった。

「そう厳しく言わずとも良いではないですか、甚兵衛《じんべえ》殿」

にこやかに父の名を呼んだのは、四郎の姉婿の兄、渡辺小左衛門《わたなべこざえもん》である。

この納屋は彼のものだった。

「そうして小左衛門殿が甘やかすから、四郎はいつまで経《た》っても、子供っぽいところが抜けんのです」

そう言って父が眉《まゆ》をひそめた。

「純粋なのですよ四郎殿は」

隣に座る小左衛門の手が、前髪が残る四郎の頭を撫《な》でた。

「つづけてよろしいですかな、甚兵衛殿」

父の真正面に座っていた老人が、うかがうような声で問うた。四郎は数えるほどしか会ったことがない。

老人の名を思い出そうとするが、うまくゆかない。関心のないことはどうしても覚えておけない性質《たち》だった。そのくせ心酔するものについては、とてつもない記憶力を発揮する。そんな己の気性を、四郎自身が一番よく理解していた。

だから、目の前の老人の名前を絶対に思い出せないことも、わかっている。

むらがあるのは良くない……。

そう心につぶやいて己を責めた。

「そうでしたな宗意《そうい》殿。つづけてくだされ」

父の言葉で思い出した。

森《もり》宗意。それが老人の名前だった。

長く伸びた白い眉の下で、黒目がちの瞳が父を見ている。陰気な雰囲気をただよわせる老人は、一度小さくうなずいてから、乾いた唇を動かしはじめた。

「島原《しまばら》の方も、とどこおりなく進んでおりまする」

「そうか」

うなずいた父の顔が険しい。

「松倉《まつくら》の苛烈《かれつ》な仕置きに、島原の者たちの辛抱もそろそろ限界かと」

「うむ……」

父が腕を組んだ。

納屋には、明り取りの窓が、ひとつしかない。その窓から最前まで入ってきていた赤い日の光が絶え、外は薄紫色に染まっている。

四郎が気づくのと前後するように、小左衛門が立ち上がり、屋敷から火を持ってきた。小左衛門の着座を確認してから、宗意はふたたび語りだした。

「蘆塚《あしづか》殿が島原の馴染《なじ》みの方々を説得しておりまする」

「有家《ありえ》村に住んでおられた蘆塚殿の力は大きいな」

蘆塚忠《ちゅう》右衛《え》門《もん》という名を四郎は頭に思い浮かべた。父と同じ小西《こにし》家の旧臣である。小西家が取り潰《つぶ》された後、蘆塚は海を渡り、島原の地で有馬《ありま》家に仕えた。その有馬家が日向《ひゅうが》に転封となった折に野《や》に下り、いまでも浪人として島原に残っている。

「島原の者らは立ち帰りそうか？」

「恐らくは」

宗意が陰気な眼差しを父に向けたまま、うなずいた。

〝立ち帰り〟という言葉が耳に残る。

四郎が暮らす天草《あまくさ》、そして海をへだてた島原の地は、戦国の頃から切支丹《キリシタン》の信仰がさかんな土地である。金を取らずに病人を診たり、信仰に見返りを求めない宣教師たちのやり方が、瞬く間に民の支持を集めていった。

しかし切支丹が増大するにつれ、権力者たちはその存在を危惧《きぐ》しはじめた。また異人である宣教師は、日本を狙う異国の尖兵《せんぺい》とも見なされ、彼らへの迫害は日増しに強くなっていった。宣教師たちへの迫害とともに、権力者たちは、民に対しても切支丹の教えを捨てるように迫った。

力のない民は、みずからの命を守るために信仰を捨て去るしかなかったのである。

公儀は棄教《ききょう》した者たちを転切支丹《ころび》と呼び、他の民と区別した。そして、そんな転切支丹が、ふたたび切支丹の教えに戻ることを立ち帰りと呼んだ。

信仰は心のなせる業《わざ》である。

人の心は目には見えない。見えないものを、どうやって捨てさせるというのか。

歩くのをやめさせようとすれば、足を押さえつければ良い。見るのをやめさせるのなら、目を覆えば良い。しかし心はそうはゆかない。心には形がないからだ。形がない物を思い通りにすることなど、他人には決してできない。

形のない人の心をむりやりねじ曲げるために、迫害があった。形がないから、形ある身体を痛めつけることで、抑えつけようとするのだ。なかでも現島原領主、松倉勝《かつ》家《いえ》の行う迫害は凄まじいものである。島原の切支丹の惨状について父が話すのを、四郎は幾度となく聞いた。

火のついた蓑《みの》を着せて焼く。その時、人々が苦しむ様が踊っているように見えるため〝蓑踊り〟という名がついているという。切支丹の教えを捨てぬ者を雲仙《うんぜん》の火口に連れてゆき突き落としたとも聞いた。

死の恐怖を存分に味わわせ、多くの者の命を奪い、人々から信仰を奪ってゆく。

しかし……。

いくら身体を痛めつけたとしても、心は決して見えない。教えを捨てたかどうかなど、確認する術《すべ》はないのだ。

「四郎っ」

父の声で我に返った。四郎を見つめる父の目が、怒りの色をたたえている。

「皆の話をしっかりと聞いておけっ」

父の拳が床を叩《たた》く。小左衛門が微笑を浮かべてなだめる。宗意は黙ったまま、じっと四郎を見つめていた。

「ゆくゆくは御主が背負って行かねばならぬのだぞ」

「甚兵衛殿」

父の言葉を断ち切るように、小左衛門が割ってはいった。

「その話はまだ」

「此奴は自分の置かれておる立場というものがわかっておらぬ」

「四郎殿はちゃんとわかっておられます。ただ我らの話すことが、少し難しいのでしょう。嚙み砕いて語って聞かせることも必要かと」

「しかし……」

父が不服そうに声を上げた。

四郎には全部わかっていた。父たちが話す内容も、これからなにをなそうとしているのかも、すべて知っている。

謀反《むほん》。

反乱。

一揆《いっき》。

呼び名などどうでも良い。とにかく父は、公儀に対して反抗しようとしている。そしてその反抗の中核と見なしているのが、天草と島原の転切支丹《ころびきりしたん》たちなのだ。

島原は松倉勝家の領地。そして天草は唐津《からつ》の領主、寺沢堅高《てらさわかたたか》の飛び地である。この二国の厳しい切支丹迫害を利用し、父たちは民の決起をうながそうとしていた。

死への恐怖から泣く泣く棄教した人々を、切支丹の旗の下に集結させる。天草、島原の転切支丹ともなれば、数万は下らない。その膨大な人の力を核とし、公儀に不満を持つ者たちを糾合《きゅうごう》してゆく。それが、父たちの野望だった。

父も、森宗意も、島原にいる蘆塚忠右衛門も、元をたどれば小西行長《ゆきなが》に仕える武士である。

関《せき》ヶ原《はら》で西軍についた小西行長は、領地であった肥後《ひご》を没収され斬首《ざんしゅ》された。その時、多くの小西家の旧臣たちが天草に逃れた。

父もその一人である。

父や宗意たちにとって、徳川《とくがわ》は恨みの対象以外の何物でもない。打倒徳川という思いは、この場にいる者にある統一した見解だった。

四郎と小左衛門を除いては……。

小左衛門は天草大矢野《おおやの》の庄屋である。益田《ますだ》家と縁つづきとなり、それを契機に甚兵衛の宿願を知った。

小左衛門は百姓たちの苦悩を純粋に憂えている。

厳しい迫害と年貢《ねんぐ》の取り立ては、天草の領民たちを荒《すさ》ませていた。救いようのない生活の中で、ただ死を待つだけの日々。民の苦悩を誰よりも間近で見てきた小左衛門は、反抗の志を抱く甚兵衛たちに共感した。そして、屋敷の納屋を開放し、謀議の場に提供したのである。

四郎にはすべてわかっていた。それでも、なにも言わない。言いたくなかった。

「長崎にいた頃は聡明であったのだ。宣教師の方々からは、奇跡の子とまで呼ばれておった。それがこのところ、どうも……」

苦虫《にがむし》を噛み潰したような顔で、父がにらむ。四郎は微笑をたたえ、そんな父を見つめた。溜息《ためいき》を吐いて父が目を逸らす。

「まぁまぁ甚兵衛殿」

小左衛門が取りなす。

刹那の沈黙。

それを待っていたかのように、宗意が咳払いをした。皆の視線が翁《おきな》に向けられる。

「四郎殿……」

「はい」

暗い瞳が四郎をとらえた。

涼やかな声で四郎が答えると、宗意は言葉を選ぶようにゆっくりと語りはじめた。

「なにをそんなに悲しんでおられる」

「宗意殿には私が悲しんでいるように見えますか」

「見える」

断言する宗意の声に、四郎は喉仏を押さえられたような心地を覚えた。ひきつった笑みが己の口元に張りついているのを感じながら、どうすることもできなかった。

そんな四郎の姿をじっとりとした目がとらえる。

「どうして、その思いを御父上に告げようとはなさらぬ」

「どういうことだ」

父がつぶやき四郎を見た。しかし宗意から目を逸らせない。

父の言葉に答えず宗意はつづけた。

「我らはでうす様の御名《みな》の下、互いに上無し下無しを誓った仲。不服があるのなら、父子であろうと、遠慮なく申すがよかろう」

「不服など……」

「ある」

宗意が、またも断言する。

その通り。

不服はあった。

「なぜなにも申されぬのだ四郎殿」

詰め寄る宗意の声が心を揺さぶる。それでも薄紅色の唇は動かない。

「不服があるなら申せ」

父が迫る。

「ありませぬ」

「ならば何故、宗意殿の申されることに、それほどうろたえておる」

「それは……」

「四郎っ」

「その辺でやめておかれよ甚兵衛殿」

四郎の肩につかみかかろうとしていた甚兵衛を、小左衛門が止める。甚兵衛の腕をつかんだまま、小左衛門は宗意を見た。

「宗意殿も、御戯れが過ぎまするぞ」

「拙者は真実を申したまで」

「四郎殿が困っておられる」

小左衛門の優しい目が、四郎を見た。

「この場にいたくなければ、屋敷の方へ戻っていても良いのですぞ、四郎殿」

「いいえ」

小左衛門の言葉に四郎は首を振った。

「私も聞いておかねばならぬ話なのでしょう」

「その通りだ」

父が答える。

「ならばここにいます」

「本当に良いのですか」

真剣な眼差しで問う小左衛門に、うなずきで答える。

「承知しました」

小左衛門はそういって微笑むと、父の腕を放し、席についた。そのまま四郎の方に目を向け、口を開く。

「みずからこの場に留まると申された以上、宗意殿が申されたように、上無し下無しの誓いの下、隠しごとは無用です」

「はい」

「その胸の内にある物を吐《は》き出《だ》していただきたい」

宗意のごとき妖《あや》しさも、父のごとき厳しさも、小左衛門の言葉にはなかった。しかしどこまでも穏やかな声の裏に、背き難い重さがあった。細い目を弓形に曲げ、小左衛門が四郎を見つめる。

小左衛門に背中を押されるように、みずからの想いを口に乗せた。

「憎しみからはなにも生まれませぬ」

「なんだと」

うつむいた四郎の胸に、父の言葉が刺さる。嫌悪が声に滲んでいる。

「つづけられよ四郎殿」

小左衛門の声が背中を押す。

父の怒りから目を背け、ふたたび語りだした。

「人を慈しみ愛すること。それこそが、でうす様の御教《みおし》えではありませぬか」

「そんなことはわかっておるっ」

父が叫ぶ。

「甚兵衛殿」

小左衛門が制する。が、父は止まらなかった。

「御主が申すことは綺麗事《きれいごと》じゃ。でうす様の教えを信じておった者たちはどうなった。慈愛に満ちたか弱き者たちは、幕府の者どものためにどのような末路を辿《たど》った。

「それでも」
するのが、たまらなく見苦しかった。
年が経ったいまでも、どこかで仕官を諦《あきら》めきれていない。そんな父の本音が見え隠れ
小西家の旧臣として、徳川が許せないのだ。主家が関ヶ原で敗れ、浪人となり数十
建前である。
「声無き者を守るため、誇りのため。我らは立たねばならぬのだ」
目が血走っている。灯火《ともしび》の中で揺れる顔が鬼のようだと、四郎は思った。
「慈愛だけでは人は守れんっ」
に、父は怒りを四郎にぶつける。
天草島原の民の窮状を四郎に見せなかったのは、父自身である。それを忘れたよう
父に守られていたのだ。
父から聞かされた言葉では知っているが、四郎は、どれも見たことはない。
った。幾日も水牢《みずろう》に入れられ、泣き叫ぶ声も嗄《か》れ、衰弱し、いったい何人が死んだ」
「涙を流して命乞いをする者たちに、奴らは火をつけ、苦しむ様を楽しげに眺《なが》めてお
甚兵衛が床を叩いた。
御主も知っておろう。答えろ四郎っ」

四郎は重い口を開いた。瞳はまっすぐ甚兵衛を捉えている。

「一揆は……」

「一揆ではござらん」

四郎の言葉を断ち切るように、宗意が言った。

「我らは民とともに立つが、決して一揆などではない。これは公儀と我ら切支丹との戦《いくさ》にござる」

この男の語る〝我ら切支丹〟という言葉も、建前であるのは見え透いていた。

切支丹とはなんなのか。

四郎には明確な答えがある。

でうす様を信じ、人を慈しみ、貧しき者、弱き者のために我が身を投げ打つ。そうして、死して天の楽園〝はらいそ〟へと導かれ、でうす様の祝福を受ける。

それが切支丹の生き方だ。

人を殺す。

それは切支丹の教えが最も固く禁じていることだ。

父たちが行おうとしていることは人殺しに他ならない。

戦になれば、人がたくさん死ぬ。

民だろうと幕府の人間だろうと、人は等しく平等である。魂《たましい》が奪われることに変わりはない。父や宗意たちは、民のため切支丹のためと語りながら、根本のところで間違っている。

「どうした、なんとか申せ」

怒りを隠すことなく、父が急かす。

この場で本心を語ることが、どれだけ無駄なことであるか、父や宗意の態度を見て四郎は痛感した。

ここは切支丹の教えを論ずる場所ではない。

「不服があるのであろう。申してみよ」

蔑むような父の声。

四郎は口元に微笑をたたえた。己の心を押し殺す時の癖《くせ》だった。

「四郎殿」

小左衛門がうかがう。四郎はなにも言わず、笑顔だけを小左衛門に向けた。

「もう良い、放っておきましょう」

父の諦めの言葉に、座の皆が納得した。心配した様子だった小左衛門も、かたくなな四郎の姿に、ついに説得を諦めたようだった。

それで良い……。

心中で密かにつぶやいた。

どれだけ四郎がやめようと訴えても、父たちは止まらない。熱にうかされ、反乱の謀議を重ねている。そんな愚かな人々に、なにを言っても無駄だ。

背徳の片棒を担いでいるという罪悪感が、四郎を責めた。

「四郎の奇跡。今度はどこでやる？」

父が小左衛門に問う。

奇跡という言葉が胸を刺す。

天草の民の間で、いま四郎は密かな熱狂を生んでいた。

四郎の手に向かって天から舞い降りた鳩《はと》が卵を産む。割ってみると、中に切支丹の経文《きようもん》が入っている。

天草の海を歩いて渡る。

不治の病《やまい》にかかっていた村人を、語りかけただけで治す。

すべて四郎が起こしたといわれている奇跡である。

しかし……。

すべて父や宗意たち、小西の旧臣たちの仕組んだことである。

鳩の卵から経文が出て来る奇跡の仕掛けは以下の通りだ。宗意が仕込んだ鳩を皆が見ていない木の上から放ち、天高くかかげた四郎の手に止まらせる。鳩を胸元に抱き、両手で抱えた時に懐《ふところ》に仕込んでいた卵を一方の掌に載せる。その卵は小さな穴から中身が抜かれて、経文が仕込まれており、見守る民の誰かに渡し、割らせて驚かせるという寸法だった。

海上を歩くのは、青と藍《あい》と緑で斑に塗られた板を海面よりわずかに低い所に仕掛け、曇り空の日を選んで、民を集める。曇りの日の濃い色の海でないと、仕込んだ板が水面に馴染まないのだ。あまり四郎に近づかないように浜辺の奥に民を並ばせておいてから、その板の上を渡る。

不治の病の者も当然、宗意たちが仕込んだ。

民の中には疑いを持つ者もいる。そういう者には小左衛門が金を渡し、口止めをした。それでもしつこく言い寄ってくる者には、宗意たちが手荒なことをしたようである。そのあたりの事情は四郎には知らされていなかったが、皆の気配でおのずと察することができた。

なにもかも仕組まれたものだ。

神の子だ天の御子だと騒ぎたて、切支丹を信仰する人々をだましている。

それが四郎には耐えられなかった。人をだますことは悪である。そんなことは切支丹の教えを持ちださなくても、人として当然のことだ。己の信仰心は汚れている。

そう四郎は思う。

「下島《しもしま》で是非、四郎殿に来ていただきたいと申しておる村があるのですが」

「ほう」

小左衛門の言葉に、父が顎をさすりながら答えた。その目が、四郎を捉える。

「どうする」

問われているのだと、四郎は気づかなかった。皆の視線が己に集中していることに気づき、はじめて父が答えを待っているのだとわかった。

どうするとはどういう意味なのか。

すべてをやめて、切支丹信徒として人知れず生きるのか。それとも、詐術《さじゅつ》で人をだまし、人を殺《あや》めるという大罪を犯させるのか。どちらにするのか。そう父は聞いているのだろうか。

だったら答えは簡単だ。四郎は、迷うことなく前者を選ぶ。

だが、父が聞きたい答えはそんな言葉ではない。

下島で詐術をやるが、どうするのかという程度の問いなのだ。曖昧で、答えようもない問いである。四郎がやらぬと言ったところで、通る訳もない。なにくれと皆で理由をつけ、結局やらせるのだ。

「いかがかな四郎殿」

今度は宗意だ。答えを急かすためだけの、言葉だ。

「良いのではないでしょうか」

「そうか」

四郎の言葉を聞くと、父はちいさくうなずいて皆を見た。

「四郎もこう言っている。下島を回って、一人でも多くの者を立ち帰らせようぞ」

父の言葉に大人たちがうなずいた。

やめろっ。

心のなかで叫んだ。

どうして誰も、正しいことをやろうとしないのか。

一揆を起こしてどうなるというのだ。切支丹信徒を焚《た》きつけ、人を殺せと命じることのなにが正しいことなのか。

絶対に間違っている。

苦悩が、心中で炎となって渦巻いていた。

強くなりたい……。

四郎は願う。

強くなって、正面から間違っていると父たちに告げたかった。

しかし四郎は弱い。切支丹の信仰に十四年という歳月を捧げてきた四郎には頑強な精神は宿っていても、雄々しい男の肉体は育たなかった。

いや……。

頑強な肉体があったとしても、四郎はそれを行使しないだろう。

人を傷つけることは悪だ。

みずから大罪を犯すだけの勇気も度胸もない。

〝大罪を犯す〟という言葉が頭を過《よぎ》るだけで、身体が動かなくなる。それは敬虔《けいけん》な切支丹である四郎にとって、避けられぬことだった。

ならば。

いまの己はなんなのだ。

なにも知らない民をだまし、幕府に禁じられている切支丹の信仰を、取り戻させようとしている。

拒否する力も勇気も度胸もない。だから父たちに従っている。そんな言い訳で許されるような罪ではない。

流されていることもまた罪なのだ。

力が欲しい……。

確固たる信念を貫《つらぬ》けるだけの力が欲しかった。

でうす様は何故、このような愚かな私を、苦しめ給うのか。

天を仰いで四郎は問う。

薄墨《うすずみ》色に染まった天井が見えた。

「天草と島原の民が立ち上がる時、皆の先頭に立つのは御主なのだぞ、四郎」

父の声が四郎を苛《さいな》む。

嫌だっ。私はそんなことをしたくない。人を殺せと命じるような真似はできない。

心の叫びが、四郎を立ち上がらせる。場の者たちすべてが驚くように見上げた。

「少し外の風に当たってまいります」

頭を下げ納屋を出た。すっかり暗くなった空に、白色に輝く月が浮かんでいる。

「四郎殿」

月を見上げる四郎の背中を、小左衛門の声が叩いた。振り向いた四郎の方へ、ゆっくりと歩いてくる。

「良い月ですな」

ほがらかに言う小左衛門の横顔を、四郎はなんとなく眺めた。

「お逃げなされ」

月を見つめたまま小左衛門は言った。

「四郎殿は聡明だ。御父上らがこれからなさることがどのようなことなのか、見え過ぎるほどにわかっておられるのでしょう」

「それは」

「一度坂を転がりだした雪玉は止まれぬのです。大きくなるだけ大きくなったら、後は……」

小左衛門が深く息を吸った。

「嫌なら逃げても良いのです」

「できません」

答えると、小左衛門が月から目を逸らし四郎を見た。

つづける。

「私は切支丹の教え以外になにも知りません。そんな私が逃げて、いったいなにができるというのですか。私は父の庇護がなければ生きてゆけぬのです」

「四郎殿は聡明過ぎる。それ故、誰よりも苦しみが深い」

小左衛門の憐れみの言葉が、四郎の心に染みる。

聡明なものか。

違う。

「私はなにもできない」

隣に立つ小左衛門にも聞こえないほどの声でつぶやいた。

力が欲しかった。

三

男は疲れきっていた。

江戸城の奥。老中《ろうじゅう》に与えられた一室である。四方を襖《ふすま》に囲まれた、八畳あまりの広さの部屋には、文机《ふづくえ》と書見台、それに小さな行灯《あんどん》がひとつ隅に置かれているだけだった。

文机の上には、書状や帳面の類《たぐい》が整然と並べられている。机の右端に積み上げられた書類の山だけが、その部屋の中で雑然とした雰囲気を醸《かも》し出していた。

男が書見台に載った本をめくっている。

松平伊豆守信綱《まつだいらいずのかみのぶつな》。

それが男の名だった。

寛永《かんえい》十四年二月の末である。このひと月前、信綱の主である将軍家光《いえみつ》が、深酒が原因の虫気《むしけ》の病にかかった。これは気鬱《きうつ》の病で、不眠がつづきすべての物事が手につかなくなるというものである。そのため家光は政《まつりごと》から離れ、日々、能や踊り、囲碁《いご》、将棋《しょうぎ》に興じる日々を過ごしていた。

将軍がそんなありさまだから、とうぜん老中である信綱の仕事は増える。公儀の最終決定機構である老中は、いわば将軍に次ぐ権力を有する者たちであった。将軍不在のいま、老中の果たす役割はとてつもなく大きい。

信綱が老中となったのは四年前である。幼い頃より家光の小姓として仕え、将軍となってからは、常に側近として側《そば》にいた。冷徹な気性と、明晰な判断力から、人々は〝知恵伊豆〟と呼び、信綱のことを持て囃《はや》した。

くだらない、と信綱は思う。

どれだけ頭脳明晰であろうと、どれだけ政に長《た》けていようと、幕臣は常に将軍の影であるべきである。みずからが表に立つようでは意味がない。慕われるべきは将軍である。政の先頭に立ち、民衆の非難の矢面《やおもて》に立つのが信綱の務めなのだ。囃されて浮かれるようでは、政は務まらない。嫌われてこそ幕臣。うとまれてこそ老中なのである。

神君家康《しんくんいえやす》公が江戸に幕府を開いて、すでに二度の代替わりがあった。家康から秀《ひで》忠《ただ》。そして秀忠から家光へと将軍の座は移り、いまや幕府は押しも押されもせぬ権力を手に入れたと言える。

しかし……。

まだまだ治まりきれていない。

家康がその命を捧げてまで果たした豊臣《とよとみ》家の滅亡。

秀忠の恐ろしいまでの執念によって成し遂げられた和子《かずこ》姫の入内《じゅだい》。

戦国最大の亡霊である豊臣家の滅亡と、皇家の外戚という地位。先代たちによって果たされた偉業の上に、生まれながらの将軍である家光の治世ははじまった。

徳川家に並び立つ家はなく、叛意を抱くような者が存在するとも思えない。それほどにいまの幕府の権力は絶大だった。それでも信綱の心中には、どうしても拭いきれない思いがある。

緩い。幕府という権力が、日本全土を締めきれていない。幕府という名の樽《たる》は、箍《たが》が緩んでいる。

火種がある訳ではない。しかし、なにかがくすぶっている。そんな強迫じみた思いが、心の中で渦巻いているのだった。

茫漠《ぼうばく》とした予感である。

「殿……」

葉をめくりながらつぶやく。源氏《げんじ》物語だった。物思いにふける時、信綱は必ず源氏物語を読んだ。宮廷の公家と女官たちの他愛もないじゃれあいを目で追っていると、無心になれるのだ。内容など、どうでも良いのである。文字を目で追い、葉をめくる。その単調な繰り返しが重要なのだ。

藤壺《ふじつぼ》という文字が下から上へと視界を過ってゆく中、信綱の頭には病床の家光の姿が浮かんでいた。

「気鬱などと申されて」

才気煥発《さいきかんぱつ》という言葉がぴったりな将軍である。あまりに才気がほとばしりすぎて、熱情が先走ることも多々あった。感情の波が激しいことも、長年仕える信綱にはわかっている。

「いつまでつづくことか……」

厚ぼったい指が葉をつまむ。

家光がいなくても政は回る。秀忠の代から幕府の屋台骨を支えてきた土井利勝《どいとしかつ》がいる。酒井忠勝《さかいただかつ》がいる。阿部忠秋《あべただあき》も堀田正盛《ほったまさもり》もいる。

そして己がいる。

将軍が政に参加しなくとも、老中の決裁があれば、とりあえずは前に進む。それだけの機構を幕府はすでに整えていた。

しかし。

やはり家光がいなくては駄目なのだ。

この男のために……。

家光がいるから老中たちも、迷わずに前を向いて進めるのだ。幕臣たちにそう思わせてくれるだけの、覇気と才気を家光は持っていた。

絶対的な君主と、揺るぎない機構。

それが体制だ。

とてつもなく巨大な一枚の岩盤こそが、体制の真にあるべき姿なのだと、信綱は思っている。

だから。

ひび割れは絶対に見逃してはならない。

「殿」

唐紙《からかみ》の向こうから近習の声がした。

「ん」

「柳生但馬守宗矩《やぎゅうたじまのかみむねのり》殿が御越しにござりまする」

「通せ」

信綱の声を確認した近習が、ゆっくりと唐紙を開いた。信綱は源氏物語を閉じ、廊下の方を見た。

白髪の老人が端坐し、信綱に頭《こうべ》を垂れている。

「柳生宗矩にござりまする」

「但馬殿、ささ中へ」

「はっ」

下げている頭を一度深く垂れ、宗矩は部屋へと入った。それを確認した近習が、外から唐紙を閉める。

信綱と宗矩は対面する形で座った。

「御政務中にござりましたか」

宗矩が問う。

「いや、考え事をしており申した」

「知恵伊豆殿でも、考えることがおありか」

「その知恵を振り絞るために考えておるのでござる」

宗矩がちいさく笑った。頬や眉間に刻まれた深い皺。張り出た頬骨は、皮一枚に覆われているだけだ。脂《あぶら》っ気がまったくない引きしまった顔が、六十を越えているということを感じさせない精悍《せいかん》さに満ちていた。

「相変わらず御壮健でなによりですな」

「気苦労ばかり多くて、まだまだ死ねませぬ」

「但馬殿には長生きしてもらわねばならぬ」

「そう老体に鞭《むち》を打たれまするな」

二人してうすら笑いを浮かべる。互いに感情を表に出さない性質《たち》だった。二十ほども歳が離れているが、二人は妙に似通っている。性格が似ているという上辺だけではない奥の方で、二人は相通じるなにかを持っていた。

「今日の御用向きは？」

「不肖《ふしょう》の倅《せがれ》のことにござる」

宗矩には三厳《みつよし》、友矩《とものり》、宗冬《むねふゆ》、義仙《ぎせん》という四人の子があった。

そのうち宗矩が〝不肖の倅〟と呼ぶのは、長男の三厳である。

柳生宗矩は、家康の頃より将軍家の剣術指南役《しなんやく》を務めている。その長子である三厳も、家光に小姓として仕え、後に剣術指南役の任についた。

しかしいまは、その任にはない。

三厳は家光への指南の場で、気絶するほどに厳しく打ちすえつづけるという事件を起こし、それが元で旗本近藤秀用《こんどうひでもち》が城代を務める小田原《おだわら》に預けられた。その後、故郷である柳生庄《やぎゅうのしょう》に戻った。と、いうことになっている。

「十兵衛《じゅうべえ》殿は御息災《ごそくさい》か」

信綱も幾度か三厳に会っている。

柳生十兵衛三厳。これが三厳の名である。それ故、信綱は三厳のことを十兵衛と呼んだ。

「元気過ぎて、拙者には止められぬほどにござりまする」

「十兵衛殿のことだ。但馬殿の御言葉に一切の誇張がないように思える」

「その通りで」

またも二人はうすら笑いを浮かべた。わずかな間の後、信綱が口を開いた。

「して、不肖の倅殿はいま何処《いずこ》に」

「島原にござる」

「ほう」

信綱の切れ長の目が、糸のように細くなった。

十兵衛は、公には蟄居《ちっきょ》の身である。蟄居の身にある者は、許しがないかぎり出国はおろか自室から出ることすらできない。死ぬまで他家に預けられるという例も珍しくはないのだ。

十兵衛が島原にいるということは、体面上ぜったいに許されない行為だった。しかし父である宗矩は、息子が島原にいることを平然と老中である信綱に言ってのけたのである。

当然、裏があった。

十兵衛が剣術指南中に、家光を激しく打った。

これ自体が嘘なのだ。

十兵衛を政の表舞台から抹殺《まっさつ》するために、将軍と宗矩が仕組んだ芝居だったのである。少し深く考えればすぐにわかるような嘘だと、信綱などは思う。いくら十兵衛が剣の道に苛烈であろうと、時の将軍を昏倒《こんとう》するまで打ちすえるような真似はしない。もし本当に家光を打ちすえて怪我をさせてしまったというのならば、責めが一族にも及ぶのは間違いない。それが十兵衛自身の蟄居というたいたって寛大な処置のみで終わったことを鑑みても、仕組まれたのは見え見えである。宗矩はその後、大名を監督する大目付《おおめつけ》の任につき、大和国《やまとのくに》柳生一万石の大名にまでなっている。十兵衛は柳生庄にはいない。家光を打ちすえてもいなければ、責めを負ってもいないのだ。

では十兵衛はなにをしているのか。

処罰を疑う幕閣、大名の類には、当主としてふさわしくない長子を遠ざけるため、家光の名を借りて処断した。と、宗矩は誤魔化している。

しかしその本当の理由を、信綱は知っていた。

諸国を廻っている。

廻国《かいこく》修行の名も無き剣客。それが現在の十兵衛であった。柳生家に連なる者だということも伏せ、一介の剣客として全国を行脚《あんぎゃ》している。

その本当の目的を知る者は、幕閣の中でも数えるほどしかいない。

十兵衛は諸国を廻り、幕府に対して反感を持つすべての身分の者たちを探しだすという任についていた。

隠密《おんみつ》である。

それは父、宗矩が大目付の職を辞したいまでもつづいていた。

諸大名を監督する立場にあった宗矩が剣の腕においても精神の面においても、みずからが一番信頼をおける者を選んだ結果、それが十兵衛であった。各地に潜む乱の芽をつぶさに察知し、父の指示をあおぐ。時には汚れた仕事もしなければならない厳しい役目である。そんな任務を子供に任せるという苛烈さが、剣術から身を立てた柳生家の本質なのだろう。

十兵衛本人も窮屈な城勤めよりも、諸国を流浪する隠密を喜んだという話である。父と子だからこそ通じ合えるものがあったのだろう。

「十兵衛殿は何故、そのような西の果てに」

信綱が問うと、宗矩のかわいた頬がぴくりと震えた。

「倅の鼻は儂よりも利きまする故」

剣気を全身にまとわりつかせながら、宗矩は妖しく笑った。信綱は背筋にぴりぴりと嫌な痺れを感じた。

人の奥底に潜む闇《やみ》をこの老人は好んでいる。闇が深ければ深いほど、その人間への興味が増す。宗矩が、信綱のことをみずからに似ていると思っているのは、間違いない。それは確信に近い直感だった。たしかに信綱も、人の心には必ず闇があると思っている。そして、その闇が暗ければ暗いほど、人は厚みが増すとも思っている。そういう意味で、宗矩と信綱は似ていた。

心の闇を識る者の、心の闇は誰よりも深い。だからこそ、宗矩は信綱に興味を持っている。

宗矩の瞳から放たれる妖気が、信綱の全身を包む。その感触がたまらなく嫌いだった。咳払いをひとつして気を取りなおし、信綱は宗矩を見つめた。それからゆっくりと言葉を選び、口を開く。

「嗅覚でござるか」

「嗅覚にござる」

「十兵衛殿は島原から、なにを嗅ぎ取ったのでござろう」

「血の匂い」

またも宗矩が笑った。

信綱の反応を見ている。

この男はどのような表情をするのか。

どういう言葉をつづけるのか。

そうやって信綱の性根を見定めている。

大目付としてこれほど適任だった男を、信綱は他に知らなかった。生来持ち合わせた偏執的とも思える他人への執着と、剣聖とうたわれた父、柳生石舟斎《せきしゅうさい》に物心つく以前より仕込まれた生死の駆け引き。この二つが宗矩の中で綯《な》い交《ま》ぜになり、公儀の闇を一手に引き受ける〝万能の眼〟を生みだしたのだった。

宗矩の前で弱みを見せてはならない。それはどんな些細《ささい》なことでも許されないことである。たとえば、食べ物の好き嫌いひとつ取ってみても、宗矩にかかれば、最大の弱点に変貌してしまう。無駄だと思える事柄も、使い方次第でおおきな武器になる。他愛ない事柄を武器に変える。そういった才能もまた、宗矩は合わせ持っていた。

こうして信綱がこの老人のことを分析しているように、とうぜん宗矩も同じことを考えているはず。

やはり二人は似ているのだ。

「十兵衛殿はなにをなされておられる」

信綱の問いに、宗矩が頭をちいさく左右に振る。そうしておいてから、重たそうに枯れた唇を開いた。

「乱の兆しいまだなし。ただ民の困窮、他国の比にあらず。ということにござる」

「民の困窮、他国の比にあらず……」

繰り返すようにつぶやいた信綱に、宗矩はうなずきを返す。老獪《ろうかい》な剣客は、言葉を継いだ。

「倅は喜んでおりまする」

「喜ぶ」

「左様」

ひひっ、と宗矩が獣の啼き声のような声を上げた。それが、笑い声だということに、信綱はしばらく気づかなかった。この老人が笑う時は、常にうすら笑いであり、声は上げない。だから信綱が、宗矩の笑い声を聞いたのは初めてだった。

なんと気持ちの悪い笑い声かと、怖気《おぞけ》が走る思いであった。信綱は嫌悪が眼差しに滲み出てはいないかと気をもんだ。そういうことに宗矩は敏感である。嫌悪の視線を受け、悪意を抱くようなそんな生易しい男ではない。むしろ信綱の嫌悪を喜んで享受する。嫌われたことに至福を感じる、捻じ曲がった性根の持ち主であることは間違いない。

己の性根を、宗矩に気取られることが、信綱には耐えられない。平静であることに細心の注意を払いながら、信綱はゆっくりと言葉を吐いた。

「十兵衛殿は乱を所望か」

「そのようなところが、あの倅にはありまする」

「但馬殿とはいえ、御言葉には気をつけなされよ」

「伊豆守殿は乱を御望みではないと申されまするかな」

心を見透かすような宗矩の視線が、信綱を突き刺す。鋭い刃が胸をえぐったかのような痛みが、信綱を襲った。

この老人が言ったことに間違いはない。

信綱はたしかに乱を望んでいた。

江戸に幕府が開かれて三十有余年。天下は徳川家の下に治まっている。

が……。

本当に治まっているのかと問われれば、手放しには肯定できない。表面的には徳川家に臣従を誓っている諸大名だが、外様《とざま》などには隙《すき》あらば幕府をひっくり返そうと思っている者も少なからずいる。その上、切支丹という教えを利用し、民草《たみくさ》の間に触手を伸ばし、じわじわと国土を侵食しようとする諸外国の存在もある。

幕藩体制の根幹である百姓たちの存在も大きい。度重なる苛烈な年貢の徴収に、民が疲弊している国も多い。

いついかなる場所から乱の火の手が上がってもおかしくはなかった。

幕府の力を誇示するためにこの国にはもう一度大きな乱れが必要だと、信綱は漠然とであるが思っていた。

乱を望んでいる……。

その通りだ。

信綱の心の奥に潜む闇を、宗矩はたしかに見通していた。

老いた剣豪の顔に喜色が滲む。

この場で斬ってしまいたいという衝動が、心に湧き起こる。

怒りに震える右手を左手で押さえた。

年老いたりといえども、相手は柳生新陰流の使い手。信綱が懐刀《かいとう》一本で勝てるような相手ではない。それ以前に、激情で人を斬るなど、最も嫌悪する行いである。そんな愚かな真似を、みずからがやる訳にはいかなかった。

信綱の苦悩を見て見ぬふりをするように宗矩は虚空《こくう》に目を泳がせてから、ふたたび語りはじめた。

「乱を欲する。それはいま現在、政の先頭を走っている御方であれば当然の考えであろうと、拙者は思いまする。その点、伊豆守殿は正しい」

信綱が乱を欲していることを、当然のこととして宗矩は語る。その上で、堂々と信綱を批評していた。

尊大な老剣客は、なおもつづける。

「それ故、倅の件、伊豆守殿に持って参ったのでござる」

すべてが己の手の内にある。そう信じて疑わない宗矩の態度が、癪《しやく》にさわった。しかしそれでも、黙って聞くだけの価値はある。

「十兵衛が申すに、島原の中に百姓町人をたぶらかす者が潜んでおるとのこと」

相槌《あいづち》を打たず、次の言葉を待つ。そんな信綱を察し、宗矩はつづけた。

「転切支丹《ころび》たちの中に、なにやら不穏な気が満ちているそうにござる。まぁ、これは十兵衛の勘働きだそうですが」

「不肖の倅殿の勘はいかほど信用できるのか」

「十中八九」

宗矩はきっぱりと言い切った。息子だから信用するというような男ではない。十兵衛の隠密としての才を吟味《ぎんみ》し、その上で出した正当な評価であろう。

十兵衛の勘は当たる。そう宗矩は言っている。その十兵衛が、島原の転切支丹に、不穏な気配があると感じた。

「転切支丹どもが立つか」

「さて……」

筋張った首をきしませて宗矩が頭をかたむけた。そのままの格好で右手を上げ、己の頬を撫ではじめる。視線は信綱を離れ、天井の辺りをさまよっていた。考えを巡らせる時のこの老人の癖である。

黙したままで結論を待つ。すると、ひとしきり黙考した宗矩が頬から手を離し、頭を元に戻した。

「その辺りのところがまだよくはわからぬと、十兵衛も申しておりまする。それ故、もうしばらく彼《か》の地に留まるとも申しておりました」

島原の地に百姓町人たちをたぶらかす者がいるらしい。そして、転切支丹たちの間に不穏な気配が漂っている。十兵衛が宗矩に報せてきたことは、この二点のみ。具体的な報告は皆無といえた。乱の気配などと呼ぶには、あまりにも曖昧過ぎる。

「この報告を受け、某《それがし》になにをしろと但馬殿は仰せられるのか」

皮肉混じりの問いである。しかし宗矩は、そんな信綱の対応などすでに予測していたといわんばかりに大きくうなずいた。

「倅の申して参ったことは愚にもつかぬことばかり。こうして老中である伊豆守殿に御聞かせいたすことも、本来ならいたさぬことにござります」

「ならば何故……」

「勘にござる」

信綱の言葉にかぶせるように、宗矩が一際《ひときわ》大きな声で言ってのけた。

またも勘である。

呆《あき》れそうになる心を必死になだめ、信綱は黙って宗矩の言葉を待った。

「神君家康公に御仕えして以来、長きにわたって徳川家の安泰のみに心を砕いて参った拙者の勘が、今度の十兵衛からの報告を伊豆守殿に御聞かせいたさねばならぬと告げておるのです」

妖怪《ようかい》じみた宗矩の顔が、いつにも増して真剣になる。

「島原の地は江戸より遠い。帝のおわす京の都からも離れており申す」

「火が上がっても届かぬと」

信綱の言葉を待っていたかのように、宗矩が嬉しそうに大きくうなずいた。

「大名たちは度重なる改易と取り潰しによって、公儀を恐れており申す。一国で乱を起こそうとしても、他の国は同心いたさぬほど、諸国の連帯は薄くなっております。みずからすすんで徳川家に弓引かんとする者など、皆無と思われ申す」

長年大目付として幕府の闇を見つづけた宗矩の言葉である。それ故、重かった。大名家に乱はない。そう言われるだけで、信綱の心にわずかだが安堵《あんど》の風が吹いた。

「乱が起こるとすれば民から。そう但馬殿は申されたいのだな」

「左様」

しばし沈黙が部屋を包んだ。

幕閣の中枢にある二人が、乱を起こすことを考えている。たとえそれが幕府のための乱であるとはいえ、褒められたものではなかった。

沈黙を破ったのは信綱であった。

「上様の御采配によって切支丹を信仰する者は、表面上は潰《つい》えた」

この十年間、家光の指示によって宣教師を見つけ次第火焙りにせよという触れが、諸国に申しつけられた。それを受け、秋田《あきた》や会津《あいづ》などでも切支丹を信仰している者たちの処刑が行われたのだった。

「島原、天草の地は民の多くが切支丹であった場所にござる」

「民か……」

どれだけ切支丹を禁じたとしても、どれだけ火焙りの刑に処したとしても、民という胡乱《うろん》な存在すべてを完全に監督することなど無理な話である。

「西の果て、民の不満、転切支丹……」

つぶやいた信綱を、宗矩は黙したまま見つめていた。

宗矩と考えを擦《す》り合わせているうちに、信綱は頭の片隅にあった漠然とした不安の正体を捉えた気がした。

乱……。

いま幕府に必要なものは、乱なのである。幕府がはじまって三十余年。いまだ様子をうかがっている者の脳天に巨大な鉄槌《てっつい》を下さなければ、本当の意味で幕府は天下万民を支配できはしないのだ。

その鉄槌がなんであるか。

乱なのだ。

不満を持って立ち上がった者を、絶対的な力で叩き潰す。徹底的に、非情に、完膚《かんぷ》なきまでに叩き潰すのだ。そうすることで、幕府の力を目《ま》の当たりにした大名から民草にいたるまでが、完全に屈服する。

では乱を起こすならば、どのような場所、どのような者たちがふさわしいのか。

まず絶対的な条件として、江戸と都から離れていなければならない。間違っても江戸に攻め入られるようなことは、あってはならない。

大坂で豊臣が滅び、その後、度重なる改易、取り潰しによって大名の牙は抜けている。

力を見せつけておかなければならないのは民だ。

公儀に逆らえばどうなるか。それを民に知らしめなければならない。

そして切支丹。

切支丹は国を滅ぼす邪教である。異国の教えを信じればどうなるか。それを示すことができればなお良い。

江戸と都から離れている。

民草の蜂起。

切支丹。

すべてが面白いようにそろっている。

島原は信綱たち幕府の人間から見た際に、乱を起こすならば、そこ以外にありえないというほど、絶好の土地であった。

「十兵衛殿になにができる」

信綱が問うと、宗矩の目が妖しく光った。

「なんなりと……」

「島原にくすぶる火を大きくすることはできるか」

「島原の領主松倉殿には」

「報告はいらん」

「承知いたしてござりまする」

深々と宗矩が頭を下げた。

幕府を盤石《ばんじゃく》な巌《いわお》と成す……。

信綱の心に〝島原〟という名が、はっきりと刻まれた。

四

分厚い木の板と、丸太で作られた檻《おり》の中に虎は入れられていた。山で獲った獣を入れておくためのものらしい。

どれだけ必死に壊そうとしてみても、檻はびくともしなかった。

飯は少女が持ってきた。虎を助けた少女である。黄昏時《たそがれ》に女を一人ともなって、少女は毎日飯を届けにくる。

「粗末な物しかないけど……」

そういって少女は椀《わん》に入った汁を、檻の中に置くのである。

腕を取ろうと思えば取れた。細くて生白い腕をつかみ、そのまま首に手をやる。この女は刀を奪った男にとって大切な者のようだった。この女が殺されると思えば、あの男は言いなりになるはずだ。男から刀を奪い返し檻から出れば、後はどうとでもなる。

そこまで虎は考えた。

しかし……。

やる気が起きなかった。

丸くて大きい少女の瞳に見つめられると、不思議と暗い気持ちが消えてゆくのだ。光……。

温かく眩しいなにかが、心の中に広がってゆくのを感じた。

この少女が助けてくれたのだ。助けてくれた者の命を奪う訳にはいかない。そう考えることで、虎は心中にめばえた光を見ないようにした。

本当は怖かったのだ。

少女の眩しさが怖かった。

これまで一人で生きてきた虎にとって、少女の温かさはこれまで感じたことのない鮮やかな光だった。

獣が炎を怖がるように、虎は少女の光を恐れたのである。眩《まばゆ》い光のその先になにがあるのか。それがわからない。わからないから恐ろしいのだ。だから少女が差し出す飯を、ただ黙って食べた。

檻から見る里の風景は、虎にとって、どれも刺激に満ちていた。

己と同じような姿をした者たちが、これほど多くいることが信じられない。

里に下りたこともある。人という存在も知っていた。

しかし恐ろしいと思っていた。

母が死んで、一人で生きてゆくようになった時から、虎はどこかで里を恐れていた。

人を恐れていた。

獣も獲れず草花も枯れた冬にだけ、腹を空かせて里に下りることはあっても、人目を避けて作物を荒らすだけですぐに山に戻る。人と触れ合うなど、考えてもみなかった。だから人に出くわすとしても、せいぜい一人か二人がいいところだった。

しかしいま、虎は人の群れの中にいる。

朝日が昇ると大人たちが、田畑に出向いてゆく姿を檻の中から見つめた。昼ともなれば、里の子供たちがつれだって虎の前に現れた。獣だ、化け物だと騒ぎたて、石を投げたり棒で突いたりして、ひとしきり遊ぶと消えてゆく。夕刻には少女が飯を持ってくる。そして夜には酔いどれた男が、戯れに虎に小便をして家へと戻る。

そのどれもが新鮮だった。

里の雰囲気が変わったのは、虎が檻に入れられてから五日あまりが過ぎた頃のことだった。数人の男たちが、里を訪れたのである。里の者たちが、男たちに群がっていた。檻の中から目を凝らして様子をうかがっていると、その中の一人のところに皆が集まっているように見えた。

まだ若い。

里の者たちは少年に向かって、しきりに頭を下げていた。なにが行われているのかわからないが、皆の様子から、その少年と里の者たちとの間に力関係のようなものがあることは虎にも悟ることができた。

少年は里の広場に捕まっている虎の方へ歩いてくると、檻の前に立った。しゃがみこみ虎を見ると、後について来ていた男の方へ顔を向けた。虎を捕え、小刀を奪った男である。

少年は、男に問うた。

「この者は」

「山に住む化け猿にございます」

頭をしきりに上下させながら男が答える。

「猿……」

「へぇ、身寄りのねぇ野郎らしく、人の言葉も知りません。その上、腹が減ると山を下りてきて村の作物を奪っていきやがる。それで一度、山まで追っていったんですが、えらい目に遭いまして。里に罠を張ってたところ、こうして捕えることができた次第で」

男の言葉を聞きながら、少年は虎を見つめていた。

瞳がきらきらと輝いていた。白い肌に浮かぶ黒い瞳が、えもいわれぬ力を放っている。飯を運んでくる女の瞳の輝きと同じものを感じた。しかも女の光よりも、少年の瞳に宿る輝きの方が、明らかに大きい。

少年に見つめられていると、頭を下げる里の者の気持ちがわかるような気がした。

そんな自分に戸惑いながらも、虎は少年から目を逸らすことができない。

「化け猿と仰いましたが、この者は人ではありませんか」

少年の言葉に男が顔をしかめ、ぼりぼりと頭をかいた。

「大の大人が五人がかりでも、こいつ一人に手を焼く始末。罠にかかってくれたから良いものの、あのまま野放しにしておけば里はどうなっていたことやら」

「だからといって化け猿というのは」

「四郎様っ」

女の声。男と少年を取り囲む人の輪が割れ、虎を助けた少女が二人の間に立った。

少女を認めた少年が、相対するように立ち上がる。

「お藤《ふじ》殿」

「四郎様のお部屋に花をお飾りしようと、山に行っておりましたっ」

お藤と呼ばれた少女が、手にもった白い花を少年に差し出した。四郎と呼ばれた少年はそれを受け取ると、みずからの鼻へと近づけて笑った。

「良い匂いだ」

「はい」

二人がにこやかに語らう。

苛立《いらだ》つ。

しかし何故、苛立っているのか虎にはよくわからない。ただ二人が仲良さそうにしている姿が、たまらなく不快だった。

お藤の目が、虎の方に向いた。

「兄様がこの方を殺すと申しておりました」

お藤の言葉に、四郎が先刻の男の方を見た。男は気まずそうに頬をひくつかせながら、笑っている。

「命を奪うのは良くない」

「私もそのように思いました。だから兄様に頼んで、こうしてこの方を生かしてもらっているのです」

卑屈な笑みを浮かべていた男が、口を開いた。

「山に放ったら、また作物を盗むかもしんねぇ。このままここに置いてると、餌《えさ》をやんなきゃなんねぇ。そんな余裕は村にゃあねぇんです。こうしてお藤の我儘《わがまま》を聞いてはいやすが、それもいつまでつづけることができるか」

「この里に住まわせてはどうですか」

四郎の言葉に、男が頭を左右に振る。

「こんな言葉もわかんねぇような奴を村に置いておくこたぁできやしません」

四郎がふたたびしゃがみこみ、虎の方を見た。

「そなたは言葉がわからぬのか」

春の日の木洩れ日のような穏やかで眩い声だった。四郎の言葉が、砂に浸みこむ清水のように虎の心に染み透る。

母と交わした言葉の中から、虎は必死に答えをつむごうとする。見つけた言葉をひとつずつ丁寧に頭に想い描いてから、ゆっくりと声にだした。

「わかる」

四郎の輝く瞳が大きくなった。見つめる視線の力が増し、虎は息苦しさを感じた。

四郎は少し笑った。

「そうか、わかるのか」

言って男の方へ振り返る。

「この者は言葉を解します」

「し、しかし……」

男が宙を見つめて笑みを浮かべる。喰いしばっている黄色い歯が、唇の間から見えた。

虎を拒んでいる。それは里の者全員の意志だった。取り囲み成り行きをうかがっている誰もが、四郎の提案に渋面で答えている。

里の者を見回した四郎が、ふたたび虎を見た。

「そなた、名はなんと申す」

虎の胸の鼓動《こどう》が大きく鳴った。

名……。

その言葉が、虎の心に大きな光を当てる。

『虎……。強く生きるのです、虎』

母の面影が脳裏を掠《かす》める。

「お、おれはとらだ」

「虎」

四郎の問いかけに、虎は力強くうなずいた。

「そうか。そなたの名は虎と申すのか」

四郎がまた笑った。

はじめて名を問われた。

それが虎にはたまらなく嬉しかった。

四郎たちは里に留まっていた。四郎たちは三人。皆、男である。いつも眉間に皺がある男と、髪も髭《ひげ》も真っ白な男が、つねに四郎の後ろに控えていた。

四郎が里に来てから二日目の昼、虎の目の前で信じられないことが起こった。

その日、虎の檻がある広場に里の者たちが集まっていた。後から来た四郎たち三人を囲み、里の者たちがしずかに見守っている。

いきなり四郎が天に手をかざした。すると、どこからともなく一羽の白い鳩が現れ、その手に止まったのである。鳩は四郎の手に卵を産んだ。四郎と心を通わせているかのような鳩は、卵を産むとふたたび大空へと飛び立った。その後、卵はお藤の兄に手渡された。兄が卵を割る。

虎はどろどろの卵を想像した。が、中に入っていたのは小さな紙切れだった。

その紙切れを兄が皆に見せる。

割れんばかりの喚声《かんせい》が広場を包んだ。

虎は呆気《あっけ》にとられるように、その光景を見ていた。お藤の兄が持つ紙切れが何なのかはわからないが、里の者たちにとって大事なものなのだということは、喜びと驚きが混じり合った皆の顔を見ているとなんとなくわかった。しかし驚いたのは、四郎の行いである。鳩を呼び寄せ、掌に卵を産ませた。それだけでも驚きなのに、その中に入っていたのが、白身でも黄身でもない、紙切れなのだ。

得体の知れない少年に、いつの間にか気持ちを奪われていた。

四郎が虎の檻の前に姿を現したのは、その日の夜のことである。供の二人を連れず、一人だけで来た。虎の前に腰を下ろすと、素焼きの皿を差し出す。

「私は小食でな。そなたが食べてくれると助かる」

そういって差し出した皿の上には、焦げ目のついた川魚が三匹載っていた。

「この里の精一杯のもてなしなのだ。残す訳にもゆかん」

四郎はそう言うと、檻の隙間から手を伸ばし、魚の載った皿を虎の足元まで押した。闇の中でも白い四郎の顔と、香ばしい匂いを放つ魚を交互に眺める。

「腹は減っていないのか」

夕刻、お藤が飯を持ってきていた。なにかわからぬ汁であった。それだけでは十分に腹を満たすことなどできない。

腹は減っていた。

「私のためだと思って食べてくれ」

食べてくれという言葉が、虎には理解できた。

いいのかと問いたいが、言葉にはならない。虎は視線に心の声を乗せて問うた。すると四郎は、虎の気持ちを悟ったように、黙ってうなずいた。

皿の上の魚が消えるまで、虎はなにも考えられなかった。噛み砕き、喉に流しこむ。目の前の四郎にすら気をやれない。三匹の魚をあっという間にたいらげると、空になった皿から、四郎の方へと目をやった。そして、己が頭から、言葉を探し出して口に出す。

「たべた」

「うむ」

虎の足元にある皿へ四郎は手を伸ばした。つかんで檻の外へ引く。

四郎は帰らなかった。虎に背を向け、広場を見ている。

「虎」

四郎が名を呼ぶ。語りかけられる度に、胸がちいさく震える。

「そなたの父母は何処にいる」

父母……。

そんなことを問われるのは初めてだった。胸の中にあるいくつかの言葉の中から、答えを探し口に乗せる。

「しんだ」

「そうか……」

四郎は広場を見つづけている。

「し、しろう」

虎は四郎の名を呼んだ。人の名を呼ぶのは初めてだった。呼ばれた四郎が身体ごと振り向く。澄んだ眼差しが虎を見つめる。

「どうした」

四郎が問う。

どうしたら良いのかわからず、ただ戸惑う。すると四郎が、檻に手をかけ笑った。

「なにか尋ねたいことがあったのではないのか」

尋ねたいこと……。

わからない。

虎は自然と首を傾げていた。

「そなたは私の名を呼んだ。語りたいことがあるからそうしたのだろう。人は誰かに語りかけたい時、その人の名を呼ぶ。わかるか」

　四郎の言葉は長い。

　必死に言葉を受け止めようとするが、どうしても断片しかわからない。それでも虎には、四郎がなにを伝えようとしているのか、なんとなくわかった。

　四郎は虎を対等な存在としてあつかっている。人として正面から向き合っている。そんな四郎の心が、虎の心に直接語りかけてくるのだ。

「しろう」

　もう一度、名を呼んだ。

　四郎は虎の言葉を待っている。四郎と相対していると母と交わした言葉の数々が、どんどんと脳裏に甦《よみがえ》ってくるようだった。

　この男と語りたい。もっと同じ時を過ごしたい。そんな衝動が、幼いころの想いを揺さぶる。

　懐《なつ》かしい記憶を辿り、虎は必死に言葉をつむいだ。

「どうしておれにやさしくする」

「優しくしているつもりはない。誰かに優しくしようとか、なにかをやってやろうなどという考えは、人の上に立った物言いだと思う。私はそなたが腹が減っているだろ

う と思い、私が食べられなかった魚を食べてもらおうと思っただけだ」

四郎は虎から視線を逸らさず答えた。

言葉の意味はよくはわからなかったが、四郎が伝えんとしたことは、やはりわかった。

「そこから出たいと思わないのか」

四郎が問う。

言葉を探す。頭の奥が熱くなるのがわかった。じんじんと痛む。答えようと必死だった。

四郎と語らうことが楽しかった。

「かてばくらう。まければくわれる。おれはまけた。だからくわれる」

「誰もそなたを喰らいはしない」

そう言って四郎は微笑んだ。

「虎。そなたは、これまで何と戦い、何に勝ち、何を喰らってきたのだ」

「む、むつかしい」

「そうか、難しかったか。それは済まなかった」

空を見上げ四郎が大声で笑った。

それから毎晩のように四郎は虎の檻の前へと姿を現した。

他愛もない会話を交わすと帰ってゆく。

毎晩、四郎は手土産《てみやげ》を持ってきた。それは煮物であったり握り飯であったりした。そのどれもがこれまで虎が食べてきたもののどれよりも、ずっとおいしかった。

いつしか虎は夜になると四郎を心待ちにしている自分に気づいた。あの不思議な男と語らっていると、死んだ母と暮らしていた時のことを思い出す。優しい笑みを浮かべ、虎に語りかけてくれた母。その面影と似たものを、四郎に感じていた。

四郎との語らいが、虎の言葉の記憶を甦らせてゆく。

「ずいぶん語れるようになったな」

五日目の夜、四郎が嬉しそうに言った。

「しろうのおかげだ」

素直な気持ちを告げた。

長年、一人で生きてきた虎には、嘘というものがわからない。だから、四郎と語らう時は常に正直な言葉で語っていた。

「私はなにもしていない。こうして虎と語らうのが何よりの薬になるだけだ」

「くすり……。なんだそれ」

「難しかったかな」

そう言って四郎は笑った。その笑顔も、虎は好きだった。

「そなたと話していると元気になる」

「おれもだ」

虎の言葉を聞いた四郎が額をかく。

「虎……」

四郎の顔がわずかに曇った。虎の心にかすかな不安が湧く。

「そなたは勝てば喰らい、負ければ喰われる。そう申したな」

言ったような気もする。だが正確には覚えていなかった。しかし四郎が言った言葉は、虎の心の深いところに根づいた想いであることは間違いない。

勝てば喰らい、負ければ喰われる。それが山で一人で生きてきた虎が、みずから辿り着いた真理のようなものだった。喰らうために勝ち、負ければそれまで。森では獣から草花にいたるまで、この原理で生きている。疑問を持つ者などいない。勝者と敗者、生と死が折り重なって山は生きているのだ。

「負けた者は、ぜったいに喰らわれなければならないのか」

「そうだ」

素直な気持ちを虎は口にした。四郎の目が悲しみを滲ませる。

「勝った者はぜったいに負けた者を喰らわなければならないのか」

「たべないのに、なぜたたかう」

「それは……」

四郎が口ごもった。四郎の迷いを悟ってやれるほど、虎は人と深く交わってはいなかった。

「誰かを傷つけること、誰かを死なせることは、やってはならないことなんだ」

「どうして」

「でうす様が見ている」

前に聞いた言葉だった。

でうす様……。

虎は必死に記憶を探る。

閃《ひらめ》きとともに、お藤の顔が浮かんできた。

「そなたが奪った大根は、この村にとって大事な作物だったのだ。そなたはやってはならぬことをしたのだ」

「はらがへっていた。あったからもらった。なにがいけない」

「駄目なんだ、虎」

四郎が、悲しそうに見つめてくる。どうしようもない苛立ちが、胸の奥で蠢《うごめ》く。

「たべるためにたたかう。なにがわるい」

「それで誰かを傷つけることは、許されない行いなんだ」

「しろうのいうことはむつかしいっ」

叫んだ虎が思わず立ち上がろうとして、檻の天井で頭を打った。悶絶《もんぜつ》して転がる虎を悲しげな目で見つめ、四郎は立ち上がった。

「しろうっ」

背中に呼びかける。

四郎は振り向かなかった。

翌朝、広場にたくさんの人が集まっていた。その真ん中には四郎と、供の男二人が立っている。

里の者たちにしきりに頭を下げられている。お藤は四郎の手を取りながら、いまにも泣きそうだった。

とつぜん四郎が檻の方を見た。人の輪を掻き分けて虎の方へと歩いてくる。供の男たち、そして里の者たちも後につづいた。

虎を見つめる。

そのまっすぐな眼差しを、正面から受け止めた。

「父上……」

虎から目を逸らさずに四郎が声を上げる。常に眉間に皺を寄せている男が、隣に立って虎を見た。

「この者を連れてゆきます」

「なに」

四郎が父と呼んだ男が叫ぶ。それと同時に、周囲にいた里の者たちが一斉に驚くような声をあげた。

「こんな奴を連れてどうする」

しかめ面《つら》で四郎の父が問う。

「わかりません。ただ……」

「ただ、なんだ」

「私にはこの者が必要な気がするのです」

「理由になっておらぬぞ」

「わかっています」

父に答えながら四郎が檻の前にしゃがんだ。檻の柱をつかんで、虎へ顔を近づける。

「私とともに来てくれぬか」

「しろう……」

どうして良いのかわからなかった。ともに行くというが、どこに行けば良いのか。

「四郎様」

人の波を掻き分けお藤が、四郎の元へと駆け寄ってくる。なにかを四郎に手渡す。受け取った四郎は檻に掛かった黒い箱にそれを差し入れた。

四郎が手を回すと同時に檻が開く。

人々が一斉に後ずさった。

「私は益田四郎……。これまでのように四郎と呼んでくれ」

そう言って四郎が檻の中へと手を差し伸べた。

誘われるように虎はその手を取った。四郎が腕を引く。見かけによらず強い力だった。

虎が檻から出て立ち上がった。

遠巻きに眺める里の者たち。

「はい」

お藤が虎になにかを差し出した。

小刀だ。

母が死ぬ前に残してくれた小刀だった。

「四郎様と一緒にいれば、あなたは必ず救われます」

迷いのないまっすぐな瞳でお藤が虎を見つめ、うなずいた。

「すくわれる……」

つぶやいた虎の心にちいさな炎が宿った。

四郎の手は熱く力強かった。

五

闇の中、激しい揺れが全身を包んでいる。不規則に振られる身体を必死に支えながら、四郎は闇に目を凝らした。

舟。

漁師の舟に、六人が乗っている。小さな舟はそれだけで一杯だった。一人は漕《こ》ぎ手である。小左衛門の村の漁師だ。夜は出さない舟を、無理矢理出してもらったのだそうだ。

夜であるにもかかわらず、舟に灯りはなかった。人目を避けているので仕方がない。水面を照らす月明かりだけが、唯一の頼りである。

四郎の隣には父の甚兵衛が座っていた。二人の前には小左衛門と宗意。舟の後部で櫓《ろ》を漕ぐ漁師の足元に、虎が座っている。虎が座っている場所は、四郎と甚兵衛の背後という位置だ。

先刻から甚兵衛は、しきりに背後へと視線を送っている。にらむように虎を見る目に、懐疑の色が滲んでいた。

天草下島の村より虎を連れ出してから、ひと月あまりが過ぎている。天草中の村を巡り、奇跡という名の詐術を見せて廻っている最中も、虎は四郎の後を黙ってついて来た。助けてもらった恩義を感じるでもなく、逃げるでもなく、淡々と四郎たち一行の後を追う。

飯は四郎が分け与える。みずからが連れてゆくと言いだしたのだ。飯の面倒をみるのは当然であった。

虎はいつも外で寝る。何度か屋敷のなかへ入れようと試みたが、頑として聞かない。たどたどしい口調で、外が良いと言うのだ。そうして敷地の端で、膝を抱いて眠る。

甚兵衛が虎のことを、まるで獣だと吐き捨てているのを幾度も耳にした。虎の獣じみた風情《ふぜい》は、四郎自身も感じていた。新しい着物を与え、身体を洗い、髪を整えてやっても、虎には野性のようなものが残っている。口を真一文字に引き結び、じっと四郎を見つめる時の虎の眼光は決まって鋭かった。白目と黒目がくっきりと分かたれた瞳に見つめられると、背筋に寒気が走り、胸が詰まって息ができなくなることさえある。

「しろう……」

背後から呼ぶ声が聞こえた。頭だけをゆるやかに回し、肩越しに虎を見た。

怯えている。

肩を両手で抱きながら震えていた。目が忙しなく動き、波打つ水面を見ている。

「どうした」

四郎は優しく微笑みかけた。虎は海に目を向けたまま、震える唇をゆっくりと動かす。

「な、なにをする」

「どういう意味だ」

「みずのうえ……」

虎は一人で生きてきた。幼い時には母がいたようだが、死んでからは一人だったようである。他人との接触を避け、下島の山中で暮らしていたという。獣や草花を喰い、たまに人里に下りて作物を盗んでいたらしい。

舟に乗るのは初めてなのだ。

「これは舟という乗り物だ」

「ふね……。のりもの……」

「そうだ」

虎は言葉をあまり知らなかった。生まれてから会話を交わした相手は母以外になく、幼少の頃のわずかな記憶だけが、虎の言葉のすべてだった。それでもこのひと月の間に、ずいぶんと喋《しゃべ》ることができるようになったのである。己と会話を交わすたびに、徐々に記憶が甦っているのだろうと、四郎は思っていた。

揺れる舟縁《ふなべり》を撫でながら〝舟〟という言葉を繰り返した。

「舟は水の上を行く。だから大丈夫だ」

「どこにゆく」

先刻よりわずかに安堵したような表情で、虎が問う。二人のやり取りを苦々しい様子で眺める甚兵衛の顔が視界の端にあるのを、四郎は見て見ぬふりをした。虎から目を逸らし、舟が向かう先にある島を指さした。

「あそこだ」

虎が身を乗り出したのが背中に伝わる気配でわかった。虎も見ているであろう島影を、視界の真ん中に収める。濃紺の空の中、うねる海面に浮かぶ漆黒の島影があった。

「湯島《ゆしま》という島だ」

「しま」

「そうだ島だ」

櫓を漕ぐ音が、規則正しくつづいている。

「あの島に行く」

「どうして」

「それは」

「貴様が知る必要はない」

二人の会話に甚兵衛が割って入る。その口調には、これ以上の問答を遮るような厳しい響きがあった。

しかし甚兵衛の感情の機微《きび》を悟れるような虎ではない。

「ちちうえ、どうした」

虎は甚兵衛のことを〝ちちうえ〟と呼ぶ。四郎の言葉を真似しているのだ。

「貴様は黙っておれ」

黙るという言葉が聞き取れたのか、虎は一度鼻を鳴らしてから、舟底へ尻をつけたようだった。座った勢いで、舟が激しく左右に揺れた。いきどおりを呼気にこめ、甚兵衛がこれみよがしに溜息を吐く。

「何故、虎を連れてきた」

己へ問うていることがわかっているのに、喉から言葉が出てこない。

答えるのが億劫《おっくう》だった。

小左衛門の屋敷で言い争ってからというもの、父との間がぎくしゃくしている。必要以上に語りかけることはなく、父の方もどこか四郎を避けているようなところがあった。

それでも父たちが動く時には、こうして黙ってついて来ている。そんな自分のことを四郎はなかば諦め、なかば自嘲しながら冷静に見つめていた。

「今宵《こよい》は大事な談合なのだぞ。そのような席にこのような……」

「虎は小屋には入れませぬ」

甚兵衛の口をふさぐように、四郎は大声で答えた。前に座る宗意と小左衛門が、振り返る。二人から視線を逸らし、湯島を見た。

〝このような〟と口走った父の次の言葉を吐かせたくなかったのだ。

獣……。

あのまま語るに任せていれば、父は必ず虎のことをそう呼んだ。

虎は獣ではない。

人なのだ。

心の中にふつふつと沸き上がる怒りを押し殺しながら、四郎は淡々と口を開いた。

「虎のことは私に任せてくれると申されたはずです」

視線は湯島に向けたままである。父が自分を見ているのを感じながらも、目を合わせようとしなかった。

「勝手にいたせ」

咳払いと同時に告げた父に、四郎は答えなかった。

どうしてここまで虎をかばうのか。四郎自身わからなかった。元はといえば、下島の村を巡っていた時に、作物を盗んで捕えられていたのを見つけただけだ。なのに気づいたら助けていた。そしてそれ以来、常に側に連れている。他人から見れば従者と思われるだろうが、四郎にそんな気はない。友という言葉の方が近いような気がするが、それもどこか違う。結局はよくわからない。わからないが、どこか惹《ひ》かれる。虎のなにが、そこまで自分を惹きつけるのか四郎は必死に考えた。

己とはまったく異なるものを虎は間違いなく持っていた。

勝てば喰らい、負ければ喰われると、檻の中の虎は平然と言ってのけた。いつ殺されるか知れない檻の中で、怯えも悔恨《かいこん》もなく虎は四郎に告げたのだ。

その時、なにかを感じた。言葉では言い表すことのできないなにかが、全身を駆け巡った。

痺れにも似た感覚。

父に連れられて行った長崎の教会で七色の光に包まれた聖母像を見た、その時の感覚に近い。慈愛に満ちた目で我が子を見つめる聖母の眼差し。その神々《こうごう》しい姿を前にした時、間違いなく神は四郎の心に舞い降りたのだった。

檻の中でぼろぼろになりながら、己の身の上を〝勝負と生死〟という非情な道理で割り切ろうとする虎を、素直に雄々しいと思った。あの時の虎の姿には聖母と同等の神々しさがあったと、四郎はいまでも感じている。

しかし……。

心の奥底でなにかが四郎を否定する。虎が聖母と同等であるはずがない。平然と人を傷つけ、作物を奪い、己の欲望に純粋に生きてきた虎は、神とは対極にある存在だ。

「しろう」

虎の声がした。

甚兵衛が咳払いをする。喋るなという合図だ。

父を無視するように四郎は振り向いた。月明かりに照らされる虎の瞳が、心配するように己を見ている。

「私は大丈夫だ」

「そうか」

うなずく虎の姿を見つめる。隣で小さな舌打ちが聞こえたが、聞かなかったことにした。

島はすぐそこまで迫っていた。

「御久しぶりでございます」

笑いかけてきた男の顔を、四郎は思い出せなかった。見たところ町人のようである。戸惑う四郎の隣に甚兵衛が立つ。

「口之津《くちのつ》の山田《やまだ》右衛門作《えもさく》殿じゃ」

「四郎殿とお会いしたのはもう、ずいぶん昔のことにござりまする。忘れておられても無理はない」

口元が、人懐こそうな笑みをかたどる。鼻の脇から口の端に、深い皺が刻まれた。

「儂のことはどうですかな」

右衛門作の隣に大柄な侍《さむらい》が立った。浪人らしく、月代《さかやき》が伸びた総髪の上に髷《まげ》が載っている。

「蘆塚殿ですね」

「その通り」

言って蘆塚は大声で笑った。

この場に集《つど》うのは、父の策謀に同調する天草と島原の面々である。島原から来る者のなかで、浪人といって思い当たる者は、蘆塚忠右衛門の他にない。

顔を覚えている訳ではなかった。完全な当て推量である。それでも、記憶の中から蘆塚という名を探し当てた己のことを、四郎はみずから褒めてやりたいと思う。

興味のないことを覚えることが苦手だった。この場に集った者の大半は、名前と顔が一致しない。名と顔のどちらも覚えていない者も数名いた。

天草と島原の中間に、湯島はある。その入江に建つ一軒の漁師小屋の中だ。狭い屋内は、十五人も座れば完全に隙間がなくなる。そこに、天草と島原の地で一揆を企てんとする者たちが夜陰に紛れ集っている。

父との約束通り、虎は小屋の外で待たせていた。他の参加者の中にも、供を連れて来た者がいたようで、虎は同じく小屋の外で待つ従者たちと一緒にいることになった。

人との関わりに慣れない虎のことが心配であったが、それも小屋に入って皆に囲まれるまでだった。甚兵衛と四郎が小屋に入ると、すでに集っていた者たちが目を輝かせてそれを迎えた。皆の昂《たかぶ》る心が熱気となって全身を包む。焦りにも似た落ち着かなさが、虎を思う気持ちをかき消した。

土間を上がり部屋に迎えられ、車座になる。灯りは囲炉裏《いろり》の中の薪《まき》から上がる炎のみ。互いの顔がぼんやりと見渡せるほどの灯りの中で、沈黙が座を支配した。

「さて……」

甚兵衛が口火を切った。一度、ぐるりと男たちの顔を眺めてから語りだす。

「こうして集まるのも、これで幾度目か」

皆が熱い眼差しで甚兵衛を見つめている。

「しかしそれも、あとわずか……」

唸《うな》るような声が、男たちから上がった。

「それではついに」

父の真向かいに座っていた者が問うた。甚兵衛はうなずいて答える。

「立つぞ、皆の衆」

先刻よりも大きな唸り声が小屋に満ちた。

「島原も、ぬかりはあるまいな」

「万事滞りなく」

甚兵衛の問いにそう答えたのは、右衛門作だった。

「儂と右衛門作殿で、南目《みなみめ》の村々は押さえております。各地の庄屋たちからは、我らの決起とともに切支丹に立ち帰るとの確約を得ておりまする」

そう言った蘆塚忠右衛門が、得意気に甚兵衛にうなずいてみせた。

島原は長崎の南東に突き出た半島である。島原の人々は、その半島の南半分を南目と呼び、島原城より北を北目《きため》と呼んでいた。

島原の南半分の村々が一揆に加担する……。

蘆塚の言葉が闇となって、四郎の心を覆う。

本当に一揆が起こるのだ。

実感とともに、恐怖が込み上げてきた。切支丹を信奉する人々が決起する。手に武器を持ち、侍に反旗をひるがえすのだ。

気が遠くなる。

一揆とはなんだ。

殺生《せっしょう》ではないか。

略奪ではないか。

切支丹の教えのいったいどこに、殺生や略奪の肯定があるというのか。

どこにもない。

殺すことは悪なのだ。

奪うことは悪なのだ。

「天草の領民も、決起とともに切支丹に立ち帰り申す」

言ったのは宗意だった。その白い眉越しに見える陰険な瞳が、四郎を捉えている。下手なことはするなよ。無駄口は叩くなよ。そう告げているような、暗い色の瞳だった。

「両国の領民が呼応して立ち上がり、寺沢の城代が拠《よ》る富岡《とみおか》城と、松倉の居城である島原城を一気に攻め落とす。それが緒戦の趨勢《すうせい》を決めまするな」

それまで蘆塚の隣に座ってひと言も発しなかった男が、とつぜん口を開いた。彼も蘆塚同様、浪人姿である。

四郎はその男のことを知らなかった。会ったことはあるが覚えていない、という訳ではない。一度も会ったことがないと、はっきり言い切ることができた。

「紹介するのが遅れましたな」

そう言って蘆塚が男の方へ掌を差し出した。そのまま甚兵衛を見る。

「この者は、つい先ごろ我が家に寄宿をはじめた者にござりまして、名は」

「大鷹幸助《おおたかゆきすけ》と申しまする」

男が深々と頭を下げた。

「元は長曾我部《ちょうそかべ》家に仕えておった者で……」

「ならば豊臣恩顧の」

蘆塚の言葉に甚兵衛がそう答えると、大鷹と名乗った男が顔を上げ、わずかに微笑んだ。

父は〝豊臣恩顧〟という言葉に弱い。みずからが小西行長に仕えていたこともあり、いまだに徳川に対する怨念を抱えている。今回の決起も、元を正せば、父の徳川への怨念から出たものである。

「大坂の戦にも参加したそうだ」

蘆塚が語ると、一座の者が唸った。

大坂の戦……。

それは豊臣家が滅んだ戦のことだろうと、四郎は一人思った。

豊臣恩顧といっても、いまひとつ実感が湧かない。生まれた時には父は浪人であったし、徳川の世はすでにあった。大坂など行ったこともないし、太閤秀吉《たいこうひでよし》は四郎が生まれる前に死んでいた。

「大坂にて秀頼《ひでより》様が御亡くなりになられ、拙者は当て所なく諸国を流れており申した」

大鷹は大きかった。背丈も、たくましい肉体も、すべてが一座のなかで抽《ぬき》んでている。

それなのに……。

四郎は大鷹がみずから喋りだすまで、その存在に気づかずにいた。最初から本当にそこにいたのかさえ疑わしくなるほどに、語りはじめる前の大鷹の印象がない。

不思議な男だった。

「この世に失望しきっておった時、蘆塚殿に出会い、互いに心を開きあうようになり、皆様のことを御聞きいたした次第にござる」

穏やかな口調で語る大鷹の言葉を、皆が黙って聞いている。

「拙者は切支丹ではありませぬ。が、徳川に一矢報いることができるならば身命は惜しまぬ覚悟にござる。豊臣家を滅ぼしてまで奴らが作った治世が、領民をこれほど苦しめておる。拙者みずからの怨恨《えんこん》のため、そして領民たちの苦しみのため。この大鷹幸助、命を差し出したく、この席に同席を願った次第にござりまする」

もう一度大鷹は深々と頭を下げた。甚兵衛が大鷹を見つめて、何度もうなずいている。心底から信じている訳ではないようだが、期待の眼差しを向けているのは四郎にもわかった。味方は一人でも多い方が良い。大方そんなところだろうか。

「この男は、軍学も多少やるようでな」

蘆塚が言うと、大鷹は顔を上げた。

「若い頃、信州の方を巡ったことがあり申して、武田《たけだ》流を少々学んだという程度にござる」

「それで、先刻のようなことを」

甚兵衛がつぶやく。

「富岡城と島原城を同時に攻略する。それは儂らも考えておった。それを緒戦であると断じたそなたの考え、儂らに聞かせてもらえぬか」

「しかし……」

大鷹が蘆塚を見る。蘆塚は大きくうなずいて勧めた。すると、戸惑うように一度小さく笑ってから、大鷹は語りだした。

「天草と島原の領民にて富岡城と島原城を落とす。これは速やかな奇襲にて可能にござりましょう。ただそれ以降、公儀が討伐の意思を見せ、各地より兵を召集した時どう動くかが勝負の分かれ目かと存ずる。そして、その時こそ、真の戦と相成りましょう」

「もう少し大鷹殿の御考えを御聞きしたい」

甚兵衛が言う。大鷹は眉間に皺を刻んでつづけた。

「緒戦で二城を攻め落とした後は天草の一揆衆を島原へ渡し、両国の一揆衆が合流し口之津から小浜《おばま》方面へと向かって進軍いたしまする。そうして半島を上り、同心する者を募りつつ、長崎を目指す」

「長崎か……」

大鷹がゆっくりとうなずいた。

「長崎には南蛮の船が停泊しておりまする。南蛮船には大砲が何十と積んでござる。それを奪い、公儀と睨《にら》み合う。そうして、公儀に不満を持つ領民や豊臣恩顧の浪人たちが長崎に集うのを待つ。多くの民を糾合した後、公儀と対等の立場で交渉に入る」

「幕府と交渉をいたすと申すか」

「戦は必ず落とし所を考えておかねばなりませぬ。落とし所を如何にするかを考えぬ戦は、ただの殺し合いにござる」

大鷹は口をつぐんだ。

しばし沈黙が座を支配した。

「長崎に籠《こも》る……」

宗意の陰気な声が小屋を震わす。

「それもひとつの手にござりましょうな」

ひひひ、と不気味な笑い声を上げる。

「儂は、なかなかの良策だと思うたぞ、宗意」

甚兵衛が言った。

「長崎までの道のりは長過ぎまする。富岡城と島原城を落とした後、天草の者たちは海を渡り、島原城に皆で籠るというのは如何かな？　幕府に不満を持った者を募るのは島原でもできる」

言った宗意が大鷹を見た。大鷹は黙ったまま、宗意に視線を投げる。睨み合いに耐えきれなくなった宗意が、視線を逸らして口を開いた。

「ま、いずれにしても二城を落としてからの話にござりまするな。ひひ」

「そうであるな」

額を掻きながら甚兵衛は答えると、不意に隣に座っていた四郎の背中を押した。

「今宵の席で、ひとつ決めておきたいことがある」

いきなり切り出した甚兵衛の言葉に、座のすべての者が神妙な面持ちで押し黙った。張りつめた気の中、淡々と甚兵衛が語りはじめる。

「我らの志のための戦いが目の前に迫っておる」

志のための戦い……。

幾分固い口調で語った父の言葉に、四郎は空々しい気持ちを抱いた。

徳川家への怨念。小西家の旧臣という誇り。浪人という身の上。心に渦巻く暗い想いの数々を、父は〝志〟という言葉でまとめた。しかし四郎から見れば、父の想いの正体は妄執《もうしゅう》以外の何物でもない。不遇な身の上を、徳川家のせいにしているだけだ。苛烈な政の犠牲になり日々の生活すらままならぬ領民たちを利用して、みずからの妄執を晴らそうとしている。そしてそれは、この場にいる者すべてに言えることだと四郎は思っていた。

圧政によって純粋な信仰を捨て去らなければならなかった島原と天草の領民たち。その無念を、みずからの妄執と怨念に同調させ、皆が同じ苦しみを持っているという幻想を抱かせようとしている。

だが……。

民が抱く苦しみと、父たちの妄執は別物なのだ。

「我らは立たねばならぬ」

父の言葉に、蘆塚や宗意らが大きくうなずく。黙したまま動かなかったのは、小左衛門と大鷹だけだった。

みずからの言葉に酔うように、甚兵衛はつづける。

「松倉と寺沢の度重なる弾圧によって、切支丹を捨て、重い年貢を納めておる民の我慢はすでに限界に来ておる」

そう仕向けたのは誰だ。

喉の奥まで出かかった言葉を、四郎は必死に呑みこんだ。どれだけ四郎が訴えてみても、父たちは変わらない。妄執という名の幻影に目をふさがれ、みずからの行いが正しいことだと思いこんでいる。

四郎は怒りの言葉をみずからの力の無さとともに嚙みしめていた。

「儂と四郎は天草を巡り、民の窮状をつぶさに見て回った。蘆塚殿と右衛門作殿は、島原じゃ」

大鷹が微笑んだように見えた。この男は信用して良いのかという、小さな疑念が胸に湧いた。しかしこの場の熱気と己の無力さに失望している四郎には、そのかすかな疑いに目を向けるだけの余裕がなかった。

大鷹の微笑みから目を逸らすように、床に目を落とす。それと同時に、ふたたび父が背中を押した。驚いた四郎が顔を上げると、一人だけ座から前に乗り出していることに気づいた。

囲炉裏の炎が近い。熱のせいで、頰にむず痒《がゆ》さを覚えた。

「戦には旗頭《はたがしら》が必要である」

皆の眼が四郎に集中する。

心がざわつく。

いますぐ逃げ出したい。

狂気が支配するこの場から立ち去りたい。

しかし大人たちの身体から放たれる異様な熱が見えない力となって、四郎の身体を床に縛りつけていた。

助けてくれ……。

男達から目を逸らし、四郎は念じた。

助けてくれ虎。

「来るべき闘争のため、儂は四郎の奇跡を民に見せて回った」

違う。

奇跡なんかじゃない。

詐術だ。

父たちが仕組んだまやかしだ。

「四郎殿の名は島原にも鳴り響いておる」

蘆塚が父に応える。甚兵衛が、満足そうにうなずいた。

「今宵より、我らは四郎を旗頭とする」

甚兵衛が言うと、皆が唸り声を上げた。

囲炉裏の炎がわずかに揺れ、四郎の鼻先に火の粉が舞った。逃げるように顔を逸らす。不意に甚兵衛の顔が視界に飛びこんできた。

笑っている。

四郎を見つめて、甚兵衛は笑っていた。

「天草と島原の民を率いて陣頭に立つ奇跡の御子。それがこの四郎じゃ」

「四郎殿」

誰からともなく男たちが、四郎の名を呼んだ。だが四郎の耳には、それが己の名だとは思えなかった。別の誰かを呼んでいる。そんな奇妙な感覚だった。

「虎……」

忘我のうちにつぶやいていた。甚兵衛が懐疑に満ちた目で、それを見つめている。

「天草四郎」

宗意の声。

「今日を境に四郎殿は甚兵衛殿の御子ではなく、我ら切支丹の奇跡の御子となられた。天草の地に生まれし奇跡の御子……。故に天草四郎」

「そうじゃ」

甚兵衛が手を叩き、四郎の肩に触れた。

「今宵よりそなたは天草四郎と名乗れ。良いな」

名などどうでも良かった。ただ父の手が己に触れていることが、たまらなく汚らわしかった。

六

信綱は歩いていた。磨《みが》きこまれた江戸城の廊下である。裃《かみしも》姿の武士や、僧衣に身を包んだ茶坊主など、多くの者が信綱に頭を下げて道を譲る。その一人一人に会釈《えしやく》を返しながら、信綱は城内に与えられた自室への道を急いでいた。

老中の寄り合いが終わった。数々の案件を滞りなく処理し、別段大きな問題もなく、一日の仕事を終えた。

自室で濃い茶をすすりながら、その日の案件を一人で吟味するのが信綱の日頃の習慣である。

老中が集う寄り合いの席では、どうしても議論でみずからの思いとは異なった結果を招くことがある。各老中の思惑や諸大名の力関係など、あらゆる要因が作用し政は動いている。いくら信綱が絵図を描こうと、思い通りに動くとは限らない。だから決裁した案件をもう一度冷静に考えなおすことで、みずからの未熟さを痛感し明日へと繋《つな》げるのだ。

自戒と反省の時。

自室でのひと時は、信綱にとって何物にも代えがたいものだった。だからいつも自室へと帰る時は、自然と足が早くなる。

「伊豆守殿」

背後から呼び止められた。

すでに頭の中では、案件の吟味をはじめている。思惟《しい》の邪魔をされたことに苛立ちを覚え、舌打ちをしたい気持ちを抑えながら、ゆっくりと振り返った。眩しいほどの若草色の裃に身を包んだ壮年の男が目の前に立っている。年の頃は五十そこら。信綱よりも年長である。

「板倉《いたくら》殿」

信綱は男の名を呼んだ。

板倉重昌《しげまさ》。三河深溝《みかわふこうず》一万五千石の大名だ。父は元京都所司代《しょしだい》、板倉勝重《かつしげ》である。勝重は幕府が開かれて間もない頃の所司代であり、将軍家と朝廷との間に入って様々な折衝を行い、大御所の信頼も篤《あつ》い男であった。その三男として生まれた重昌は、家康の御近習を務め、父譲りの交渉手腕で大坂の陣において活躍した。五十代になったいまは、談判衆《だんぱんしゅう》として家光の身近に仕えている。当然、老中として家光の信望を得ている信綱とは、顔見知りの仲であった。

「御姿を御見かけいたしたので、声をかけ申した」

人懐こい笑みを浮かべながら、重昌が近づいてくる。

信綱は身体ごと重昌に正対した。

「何か御用がおありでしたかな」

信綱が問うと、重昌は若干困ったような顔をした。用がなければ声をかけてはならぬのかと、重昌の表情が語っていた。指先で頬を掻き、一瞬だけ視線を右下へと向けてから、重昌はふたたび信綱を見た。

「今日も万事滞りなく？」

急場しのぎの問いだというのは明らかだった。

「上様に特別に御伝えせねばならぬことは、これといってございませぬ」

「承知いたし申した」

大仰に重昌は頭を下げた。

重昌は三河深溝一万五千石。一方の信綱は武蔵国忍城《むさしのくにおし》三万石である。歳は重昌の方が十近くも上だが、知行では信綱の方が上である。重昌の父が家康の近習であったように、信綱の養父も家康の近習を務めていた。その上、重昌も信綱も、ともに家光の側に仕えている。微妙な共通点の多さが、二人の関係を複雑にしている。似た境遇を持ち、年下でありながら己よりも多い知行を有する信綱を、重昌はどこかで意識しているようであった。

天下の政に携わる人間が、私情に左右されるなどもっての外だ。その思いは、公だろうが私だろうが変わらない信綱の信念だった。重昌がどう思おうと信綱にとっては、二人の間に存在する力関係など毛ほどの価値もなかった。信綱は常に信綱であり、重昌は常に重昌なのだ。

個人的な感情のなかで、重昌を好きだと思ったことも、嫌いだと思ったこともない。強いて言うなら、どうでも良い。重昌のことを信綱は、路傍の石程度にしか見ていなかった。

「上様の御病気も、やっと快方に向かっておりまする」

重昌が丸っこい目を、いっそう丸めて言う。その緩んだ視線に、つい信綱は目を逸らしてしまった。

上様の御病気とは、家光の気鬱の病である。

やっと戻られるか……。

心の中で安堵のつぶやきを漏《も》らしてから、信綱は重昌の方を見た。

「これで老中の方々の肩の荷も、少しは降りるのではありませぬか」

はじめは重昌の言っていることの意味がわからなかった。

あまりにも己の思考とかけ離れた言葉を聞くと、理解に苦しむことがある。それはみずからの視野の狭さだと信綱は自戒していたが、相手の考えの浅さのせいだという高慢さもまた同時に持っていた。

家光が参加しようとしまいと政は動く。

幕府が誕生して三十四年。多くの男たちが、公儀を盤石ならしめんと命を摩《す》り減らしてきた。本多《ほんだ》正信《まさのぶ》、正純《まさずみ》親子しかり。土井利勝しかり。幕府という機構の中で、日ノ本を支配するための仕組み造りに心血を注いで来たのである。家光が病に臥《ふ》せようとも公儀は揺るがないという確固たる自信が、信綱にはあった。

それでも家光の病が平癒《へいゆ》し、幕政に復帰するということは、喜ばしいことである。

信綱は家光を信奉していた。この男のためならと思い、幼少のころから仕えてきた。我が身は家光の物という思いもある。そして家光は、信綱にそう感じさせるだけの魅力を持っていた。覇気に満ち、みずからの感情を隠しもしない英明な主君。それが家光という男である。

しかしそれでも……。

信綱の個人的な感情と、政は完全に別物なのだ。

信綱が声を発しないことに不安を覚えたのか、重昌が咳払いをひとつした。

この男は己になにを求めているのか。

阿諛追従《あゆついしよう》。

違う。

では友情か。

それも違う気がする。

ただの親交というのはどうか。

それが一番近い気がした。

莫迦《ばか》らしい話だ。

幕臣が馴れ合ってどうする。権謀渦巻く政道の中で、他者と馴れ合ってなにが生まれるというのか。

妥協と談合。馴れ合いの果てに生まれるものは、公儀の腐敗以外にない。政に携わる者は、常に孤高であるべきだ。他者の思惑に左右されず、みずからの思いを貫く。それができずになにが幕臣か。

「急いでおりまする故、これで」

心のざわめきを表に出さず、信綱は抑揚のない声で告げる。愛想の良い答えを吐き、重昌は頭を下げた。速やかに返礼し、信綱は踵《きびす》を返して歩きはじめる。

自室が遠い。

静やかに、だが足早に信綱は歩いた。

なにをそんなに苛立っている？

信綱は己に問うた。

重昌にはなんの悪意もなかった。ただ信綱の姿を見かけ、声をかけてきただけである。わずかばかりの世間話をし、愛想笑いを浮かべてやり過ごせば良かったではないか。

どうしてそれができなかったのか。

重昌の顔だ。

あのにやけた顔が、信綱の怒りに触れたのだ。

大坂での戦から二十年あまり。戦はなくなり、天下は太平へと進みつつある。

だが、まだ治めきれていない。

海の向こうの外敵。

豊臣の旧臣たちの暗躍。

民の不満。

数えきれないほどの闇が、この国を覆っている。

「余裕などありはせぬ」

誰にともなくつぶやく。道を譲り、頭を下げていた茶坊主が、驚いたように顔を上げたが信綱は見ないふりをした。

重昌のにやけた面が、戦なき世の緩んだ武士の姿を体現していた。太平という薄い皮膜の下で蠢く胡乱な者どもに目を向けず、我が世の春を謳歌《おうか》している愚か者たち。そのすべてが重昌の笑みと重なったのだ。

信綱はみずからの器の小ささなど、とっくに承知している。器の大小は将軍が問われるべきもので、幕臣には関係のないものだ。むしろ器が小さい方が、細かい事柄に目が行き適任であるとさえ思っている。

信綱の心からは常に不安が消えない。それは己の栄達などという小さな不安ではなかった。城や領地など信綱にとって、なんの価値もない。徳川家の、いや幕府の安泰。それこそが信綱の望むものだった。

幕府をおびやかす者がいる限り、信綱の不安は消えない。

重昌のような太平に胡坐《あぐら》をかいている幕臣もそのひとつだ。

安寧は怠慢を生み、怠慢は油断を生む。そして油断の末にあるのは、高転《たかころ》びである。太平という言葉に浮かれている幕府は、足元を見ていない。このままやかしの太平に現《うつつ》を抜かしていると、いつかは足をすくわれてしまう。

「させぬ……。儂がさせぬ」

廊下を荒々しく踏み締めながら、信綱は自室へ急いだ。

目に映る者すべてが重昌に見える。

早く一人になりたかった。

「御待ちしており申した」

深い皺が刻まれた老人の顔が、信綱の心を沈鬱《ちんうつ》なものにさせる。

自室に帰った信綱を待っていたのは、宗矩の陰気な笑顔であった。

「なにかござりましたか」

部屋の隅に座った宗矩は、立ったままの信綱を上目使いで見上げる。心の奥底を覗きこもうとする宗矩の視線に、信綱は軽い吐き気を覚えた。

目を逸らし、文机の前に座った。

小さな呼気をひとつ吐いてから、あらためて宗矩を見る。蚤《のみ》のように小さな老人の全身から、妖しい剣気が立ち上っていた。剣の心得などない信綱にも、宗矩の剣気が実体を持ったもののように見える。紫色の靄《もや》。問われれば信綱はそう答えるだろう。

宗矩は全身から立ち上るそれを、隠そうともしていない。いや、隠しても自然と滲み出てくる。そんな類のものなのであろう。

「なにやら御心が乱れておる御様子」

「大事ない」

「さて……」

宗矩がうすら笑いを浮かべつつ口籠った。曖昧な態度に、苛立ちが募る。

「はっきりと申されよ」

苛立ちを言葉にしたことを、信綱はすぐに後悔した。こうして声を荒《あら》らげたところで、目の前の老人は毛ほども動揺しない。それどころか、信綱の心の変動が垣間見えたことを、むしろ喜んでいる。

「天下の知恵伊豆殿ともあろう御方が、満面に不機嫌を張りつかせておられました故、いささか心配になり申した」

嘘である。

この男が心配などする訳がない。〝天下の知恵伊豆〟とわざと呼ぶところに、人を喰った宗矩の底意地の悪さがうかがえる。

宗矩に対する嫌悪を頭の隅に追いやってから、信綱は息を深く吸いこんだ。強張る頰に力をこめ、努めて平静を装いながら笑みを浮かべた。

「お待たせしたようですな」

「いやいや……」

宗矩は鼻の前で掌を振ってみせた。今日はまたやけに芝居染みている。

なにか面白いものを見つけたのだ。

「して、今日は」

「倅のことで」

見当はついていた。宗矩がこれほど楽しそうにしているということは、息子の十兵衛から文でも届いたのであろう。この老人は、数ある息子たちの中でも、無頼《ぶらい》の長子を殊《こと》の外《ほか》かわいがっている。

「倅殿はたしか島原でしたな」

それほど関心はないという素振りを、信綱はわざとして見せた。

湿った笑みを浮かべたまま、宗矩がうなずく。

「倅から使いが参り申した」

「なにか動きがあったのですかな」

「いや」

口の端の一方を異様なまでに吊り上げながら、宗矩が首を振った。喜々として語っているのは息子の話ゆえか、それとも島原の話ゆえなのか。おそらくそのどちらも合っている。

「まだまだ火は燃え上がらぬと、倅は申しており申す」

「ならば何故、但馬殿はそのように嬉しそうにいたしておる」

「やや、なんという申されよう。それではまるで拙者が乱を望んでおるようではござらぬか」

なにをいけしゃあしゃあとほざいているのか。過日、宗矩は巧みに言を弄《ろう》し、信綱が乱を欲していることを証明してみせた。それは暗に、宗矩自身が乱を欲しているという意思の表れでもある。あの日、二人は乱という名の闇を共有したのだ。宗矩が恍《とぼ》けてみせたのには、とうぜん訳がある。あの時の話を忘れていないかと信綱に問うための呼び水なのである。

「乱を欲しておるのは、御互い様でありましょう」

宗矩の真意を汲み取り答えた。虚ろな眼が信綱を真正面から見据える。瞳の奥底に喜色が滲んでいた。

「島原はまだ火を上げぬのか」

「左様」

「十兵衛殿はなんと」

「火をつけんとする者たちの懐へ、潜《もぐ》りこんだそうにござる」

「ほう」

「彼奴《きゃつ》は普段から野卑な風貌をいたし、生来の無頼な気性故、浪人を地でゆくようなところがございます。それを利用し、島原で農民どもを唆《そそのか》しておる者の食客《しょっかく》のごとき立場を得たとのこと」

口元に笑みを浮かべ、宗矩が語る。

「さすがですな十兵衛殿は」

あえて息子を褒めてみせた。

宗矩の口元がわずかにほころぶ。

滑稽でならない。どれだけ世間に倦《う》み疲れようとも、我が子はかわいいのだ。

この老人から十兵衛を奪ったらどうなるだろうか。

頭に浮かんだ邪《よこしま》な思いを胸に押しこめ、信綱は宗矩を見つめた。

「倅が申すには、西の地の火種、思いの外、大きいやも知れぬと」

「それは」

信綱が問うと、宗矩はもったいぶるように一度うつむいた。

宗矩は己の掌を見つめながら、小さくつぶやいた。

「転《ころび》切支丹どもをたぶらかしておる者が暗躍しておるのは、どうやら島原だけではござらぬようで」

「天草か」

「その通りにござる」

天草の名は一度、宗矩の口から出ている。その時から、ある程度の懸念はあった。

「十兵衛殿が接触を試みた者は、どちらに」

「島原でござりまする」

「その者が天草を」

「いや」

枯れた頭が左右に振れた。

「仲間か」

「左様」

乾いた頰を枯れ枝のような指先が掻いた。

「島原と天草の浪人どもが結託し、転切支丹どもを扇動しようとする動きがあるそうにござる」

「島原は松倉、天草は……」

「唐津寺沢家の飛び地にござる」

宗矩が即座に答えた。

「国をまたいで結託しておるのか」

「民にとっては、国境などあってなきようなもの」

あっさりと宗矩は言ってのけた。たしかに宗矩の言葉の通りだ。どれだけ他国への逃散《ちょうさん》を禁じようと、生活に困った民が国を捨てるという事例はなくならなかった。苦しければ境を越えて手を取り合うのもまた、道理であろう。

「首謀者は天草におるとのこと」

「天草か」

肥後国の西端に浮かぶ島だということは知っている。元は小西行長の領地であり、島原同様、切支丹が多く住むということも頭では理解している。が、あまりにも縁がなさ過ぎて、理解以上の感覚はなかった。

「天草と島原の転切支丹を取りまとめようとしておる者たちの主は、どうやら父子であるらしいのです」

「父子……」

「元は小西家に仕えておった浪人の、益田甚兵衛なる男と、その息子。その二人が天草を回り、民を唆しておるとのことにござる」

そこで宗矩はわずかな間を空けた。自分の心に問いかけるように、しばし虚空に目を向けた後、宗矩はふたたび話しはじめる。

「息子の名は四郎と申すそうにござります。この四郎は、まだ十五、六とのこと」

「子供ではないか」

「左様。しかし民の信望を得ておるのは、父の甚兵衛ではなく、この四郎の方だと倅は申しておりました」

また父と子だ。

そう信綱は思った。甚兵衛なる浪人と四郎という子。宗矩と十兵衛。そして板倉重昌とその父、勝重。今日は幾度となく父子に触れるものだ。家格、剣の道、信仰、形はそれぞれ異なってはいるが、皆強い絆で結ばれている。

では、信綱はどうか。

息子はいる。慕われている気もするし、人並程度には愛してもいる。が、それまでである。息子に過度な期待もしていなければ、失望もしていない。

信綱は父である前に幕臣なのである。息子がこの世に生を受ける前から、信綱は家光の家臣だった。子などよりも大事に育《はぐく》んできたものがある。

幕府だ。

家光と公儀の下に安泰なる世が築けるなら、信綱は己の身命を投げ打っても良いと考えている。

子への思いなど二の次、三の次なのだ。

信綱には、父子の繋がりに固執する心根は、人としての弱さとして映った。

そんな人の弱さを心の闇のなかに隠し持つ老人は、信綱の思いなど知りもせずに口を開いた。

「四郎という者、切支丹であるとのこと」

「転びではないのか」

「百姓ではございませぬ。四郎は浪人の子にござりまする」

宗矩が何を言わんとしているか、信綱はすぐに理解した。土地に縛られる百姓は、年貢という税によって直接侍と繫がっている。故に、侍の意向はすぐに百姓へと反映される。法度《はっと》に背けば、庄屋を通じ当人が罰を受けることになる。土地に縛られているが故に、百姓は侍に背くことが難しい。その点浪人は、勝手気ままな身の上である。年貢を納めることもなく、支配を受けることもない。公儀の目を逃れることも、そう難しくはないのである。

「この四郎、天草の各地を巡って百姓どもの前で、様々な奇跡を見せておるそうで、その力を信じた転切支丹たちの間では、救いの御子と呼ばれておるとのこと」

「奇跡とは」

「かざした手に白い鳩が止まり、卵を産む。その卵を割ってみると、中から切支丹の経文が出てくるとか、海の上を素足で渡ってみせたとか」

信綱は思わず鼻で笑った。そのような芸を見せる者たちは、江戸の町にもいる。そして芸人たちの見せる芸には、必ず仕掛けがある。

「天草は江戸とは違いまする。四郎の行っておることは手妻《てづま》の類であろうと拙者も考えておりまする。が、九州の西の果ての民は、江戸の者たちのように、見世物に慣れてはおりませぬ。手妻を知らぬ者たちにとって、四郎の見せる業は、およそ信じられざる所業でありましょう。しかも四郎は熱心な切支丹の門徒《もんと》。転切支丹たちにとっては、これ以上ない者が見せる手妻にござりまする」

たしかに宗矩の言う通りかもしれない。

天草は江戸とは違う。多くの店が軒《のき》を連ねる江戸の町のように、人と物の流れは激しくないはずだ。田舎に住む無垢《むく》な民が、手妻を奇跡と思うのは無理のない話だろう。

「十兵衛殿はそれを見たのか」

「倅が近づいている者は島原をまとめようとしておる者であり、四郎たちは天草におりまする。互いに結託しておるようではござりまするが、島原と天草は個別に民を唆しておるようで……」

「それでも首謀者は四郎と、その父親で間違いないのだな」

「そう倅は申しており申す」

「四郎……」

不意に信綱の心の中で、切支丹という言葉が大きくなった。

これまで島原で火種がくすぶっていると聞いても、百姓たちが苦しい年貢の取り立てに耐えかねて一揆を起こすという程度の感覚しかなかった。切支丹という要素には、その味つけ程度の価値しか見出していなかったのである。どれだけ膨れようと、所詮は民の蜂起。一揆の範疇《はんちゅう》を越えるとは思ってもみなかった。しかしこうして宗矩の口から四郎という少年のことを聞いてみると、島原と天草にくすぶる火種が、ただならぬ熱を帯びていることを感じずにはいられない。

四郎の奇跡に熱狂する民の姿を思い浮かべてみる。

熱気と信仰の眼差しで四郎を見つめる老若男女。中には涙を流している者もいる。誰もが四郎に向かって頭《こうべ》を垂れ、手にはクルスを握りしめていた。歓喜の声の渦の中で、微笑む少年。その顔はまだおぼろげである。が、信綱の脳裏に浮かぶ四郎は、清々《すがすが》しいしなやかさを持った姿で民の前に立っていた。

苦しみの中に現れた一筋の光。その眩《くら》みそうになるほどの光を前に、人々は我が身を投げだしてゆく。

「喰えぬ、生きられぬという不満。島原と天草にある火種はそれだけではないということが、改めてわかった」

宗矩がうなずき、乾いた唇を動かす。

「怨嗟《えんさ》の炎は、信仰という輝きを放っておりまする」

「それを討ち砕いてこそ……」

「天下太平への道は開けまする」

妖しく微笑む宗矩。

底知れない闇から逃れるように、信綱は宗矩の顔から目を背けた。

七

虎は浜辺に座り海を眺めていた。

海の中に浮かぶ陸地にいる。

それが島という名前だと教えてくれたのは四郎だった。

海の向こうにも陸地が見える。闇の中に点々と明かりが灯《とも》っていた。人が集まって暮らす場所を、町や村と呼ぶことも、四郎が教えてくれたことだった。

家が立ち並ぶ町の背後に闇の中でもひときわ濃い影があった。

山だ。目の前に見える山は、幼い頃から虎が暮らしていた山だった。

懐かしい稜線を眺めながら、虎は一人波の音を聞いていた。寄せては返す規則正しい水音《みずおと》に耳を傾けていると、しみじみと昔の自分を思い出す。

母が死んでからずっと、山で暮らしていた。天草という地にある、十万山《じゅうまんやま》という名の山だそうだ。そんな名前があることなど、住んでいたころの虎はまったく知らなかった。

まず物の名前など意識したこと自体がなかった。言葉を交わす者がいなかったのだから、名などどうでも良い。虎という己の名前にしても、母が生きていたころの淡い記憶の中にある言葉が元なのだ。本当に自分が虎という名前なのかどうかさえ、怪しいと思っている。

すべての物には名前があることを、四郎は教えてくれた。あれ、これ、と指でさして語る虎に、四郎はひとつひとつ丁寧に名前を教えてくれたのだ。

嬉しかった。

ひとつ名前を覚えることで、伝えられることが増える。ふたつ知れば倍に。みっつ知ればさらに増えた。自分の気持ちを言葉にして語ることが、楽しくて仕方ない。

話す相手は四郎だけだった。四郎の父や、他の大人たちは、獣を見るような目つきで虎のことを遠巻きに眺めるだけで、会話など交わすつもりはないようだった。

そんな視線には慣れている。

喰い物を探しに山を下りて出くわす人間は、決まって四郎の父のような目つきをした。だから虎にとって人といえば、四郎の父のような者のことをいう。

四郎の方が変わっている。

喰い物も、衣服も、雨に濡れずに済む場所も、ぜんぶ四郎が与えてくれた。生きることしか考えることのなかった虎の暮らしに、いくばくかの余裕が生まれた。心の中にわずかな余白もできた。その余白を埋めてくれたのも四郎である。四郎と会話をすることで、意味という言葉を知った。物事には名前があり、すべてに意味がある。虎がいまここにいることにも意味があるのだと、四郎は教えてくれた。

虎は意味を考えるようになった。

自分が生きている意味。

四郎が与えてくれる意味。

山や海、そして町や村がある意味。

様々な意味を考えた。

自分で考えてわからなくなると、四郎に聞いた。どんな些細なことでも、四郎は新たな名前とともに、それが存在する意味を教えてくれるのだ。

すべての物事を四郎は知っている。

四郎に聞けばなんでも答えてくれる。

そう思いはじめていた。

そんなある日、虎は四郎にもわからないことがあることを知った。それは何気ない虎の問いが原因だった。

「人はなぜ喰らうのだ」

虎はそう四郎に聞いた。別に深い考えがあった訳ではない。四郎から毎日与えられる飯を喰らっていた時、不意に胸に湧いた疑問だった。

「明日を生きるためだ」

四郎はわかり易い言葉で答えてくれた。

虎はもう一歩踏みこんだ。

「なぜ生きるために喰らわなければならないんだ」

「どうしてだろうな……」

そう言って四郎は微笑を浮かべる。

あいまいな言葉に納得できなかった。素直な気持ちを口にするのを虎は躊躇《ためら》わなかかった。

「獣を殺し、草を刈り、人は喰う。明日を生きようとしているものを殺して、どうして人は生きるんだ」

微笑んでいた四郎の顔が、苦しそうに歪んだ。

「どこか痛いのか」

四郎は顔を歪めたまま首を左右に振る。

「四郎は人を傷つけてはいけないと言う。殺すことはもっといけないことだと言う。人は駄目で、どうして獣や魚や草は良いんだ」

「それは……」

四郎が泣きそうになる。

なにか悪いことを聞いたのかと思った。でも間違ったことは言っていない。人は生きるためになにかを喰らう。そしてそれはすべて命なのだ。命を奪うことがいけないと言うのなら、人は明日を生きることができない。

「虎……」

寂しそうに四郎がつぶやいた。

「済まん四郎」

「虎が謝ることはない。しっかりと答えることができない私が悪い。どうして人は喰らうのだろうな」

「明日を生きるためではないのか」

「そうだな」

それ以上、四郎は語ろうとはしなかった。

浜辺に座る虎の側で舟が揺れている。小さな舟だ。この舟で四郎とその父、宗意という名の老人とともに海を渡った。

湯島という島だ。

虎の背後にある家からは、淡い光が漏れていた。中には四郎たちがいる。

天草とは反対にある島原という陸地からも人が来ていた。

四郎たちはそこで、なにかを話しているようだ。

湯島に来るのは二度目である。この前来た時は、そのあと数日間、四郎の顔が暗かった。

あの家に皆が入ると、嫌な気配が漂ってくる。山の中で熊《くま》に出くわした時の感じに似ていた。怯えと怖さと殺したいという気持ちが綯い交ぜになった暗い気配。いまにも生き死にを懸《か》けた何かが起こりそうな気がして落ち着かない気持ちになる。

山の中で育った虎は、目に見えない気のようなものを肌で感じることができた。努力して得た訳ではない。気づいた時には、感じていた。己を狙う嫌な気配。逆に獲物を襲おうとする自分から立ち上る気配。穏やかなものも、悲しそうなものも、すべての気配を虎は機敏に感じることができた。

あの家は嫌だ。いや、あの家に皆が集うことが嫌なのだ。なにか良からぬことが起きる。そう全身が訴えてくるのだ。

暗い気配の中に四郎がいる。それもまたたまらなく嫌だった。あの真っ白な四郎が、黒い気配に晒されている。

助けてやりたい。

そんな思いに駆られた。

落ち着かない気持ちをなだめるために、虎は海を見ていた。絶え間なくつづく波の音に耳を傾け、じっと耐えるのだ。

四郎は大丈夫、どんな闇にも呑まれはしないはずだ。そう信じて帰りを待つ。

背後で砂が擦《す》れる音がした。

足音だ。

誰かが近づいてくる。

四郎の足音ではない。

向かってくる誰かへと、虎は振り向いて視線を投げた。

腰の曲がった影が歩いてくる。

宗意だ。

家の外では島原という所から来た男が一人、虎と同じように皆を待っている。その男が宗意に頭を下げた。宗意は男に顔を向けもせず、まっすぐ虎の方へと歩いてきた。

「長い話は年寄りには辛くての」

そう言って宗意は隣に座った。

月の光を波が弾《はじ》いて宗意の顔を照らす。白い眉毛の下にある鋭い目が、虎をまっすぐに見ている。

「里の暮らしにはもう慣れたか」

初めて問いかけられた。

四郎と語らっている姿は見たことがある。声も知っていた。しかしこうして直接語りかけられると、震えるような声がじわじわと己の肌を撫でてくるようで、傍《はた》から聞いているのとは全然違った。

気持ちが悪い。

最初に虎の心に浮かんだ感情はそれだった。なにか人とは違うものに語りかけられている。獣とも違うなにかだ。そのなにかを、虎は必死に考えた。

闇……。

山で暮らしていた時、ふと夜目覚めることがあった。熊も鹿も兎すら周りにいない。草木も眠っている。この世で目覚めているのは己だけかと思えるほどの静寂。静まりかえった夜の森で、不意になにかの気配を感じることがある。周囲に影はない。獣の臭いもしない。それでもなにかの気配だけは確実に側にある。

闇だ。

暗い影が生き物となって、迫ってくる。

宗意の言葉は闇に似ている。命の熱は感じられないのに、たしかに虎の耳に届いている。聞こえている声が本当に宗意のものなのかと疑いたくなるほど、身中からは感情や気配のようなものが感じられない。

「ずいぶん四郎殿と語り合うておるようだが、まだ他者の言葉は聞き取れぬか」

「いや……」

なんとか声を吐き出す。逃げ出したい。殺してしまいたい。そんな気持ちを押し殺すことに必死だった。

「ならば何故答えぬ」

お前が嫌だからだとはどうしても言えなかった。何故言えないのか、虎にはわからない。ただ思っている言葉を吐き出すことができないのだ。

「その小刀」

宗意の瞳が虎の腰を見ていた。そこには母の形見の小刀が差してある。村人に奪われたのを、女が返してくれた。

あの女……。

四郎と知り合いのようだった。名はたしかお藤といった。きらきらと輝く大きな瞳と、柔らかそうな唇が、いまも虎の心に残っている。

あの女はどうしているだろうか。

「ちと見せてくれぬか」

宗意の声が思考を中断させる。枯れた古木のような腕が、気づかぬうちに腰の辺りに伸びていた。

「やめろっ」

思わず振り払った。宗意は払われた自分の腕をしばし見つめ笑みを浮かべた。

「そう怯えることはない。儂は味方じゃ」

「味方」

己の力になってくれる者。そして、相手のために自分の力を貸すことのできる者。それが味方という言葉の意味だ。

果たして宗意は虎の力になってくれるのか？

宗意のために自分の力を貸すことが、できるのか？

「奪いはせぬ。少し見せてくれと言うておるのじゃ」

「どうして」

「ちと気になったことがあってな」

ひびが入りそうなほどに乾いた宗意の頬が、吊りあがった。

「その小刀に見覚えがある」

「みおぼえ」

「とにかく見せてもらえぬか」

ふたたび宗意が手を差し出した。

ゆっくりと腰に右手を伸ばす。ほつれた柄糸《つかいと》が指先に触れる。視線を宗意に向けたまま、虎はしっかりと鞘《さや》を握った。鍔元《つばもと》のあたりを人差し指と親指で挟んでから、ゆっくりと腰帯から抜く。

手を差し出したまま宗意は動かない。その天を向いた掌に鞘を載せた。

「では拝見する」

「なに」

「見させてもらうという意味だ」

鼻から小さな息を吐き、宗意が鞘から小刀を抜いた。

月明かりが刃を照らす。

「うむ」

右に左に刀を傾けながら、宗意は真剣に見つめている。

いったいなにがはじまるのだろうか。

不安になった。

「おい……」

虎が声を発するのと同時に、宗意が刀を鞘に納めた。刃の方を己に向け、虎の手元へぐいと突き出す。戸惑いながらもそれを受け取ると、虎は宗意をじっと見た。

「やはり間違いない」

宗意がつぶやいた。なにが、と聞き返すことができないほど、声は重かった。

「儂は御主の父を知っておる」

息苦しいほどの闇が、宗意の口から吐き出され、虎の肩にのしかかった。

父……。

自分に父がいることを、これまで考えたことがなかった。

「お、俺に父がいるのか」

「女だけでは子は生まれぬ。御主がおるということは、父がおるということだ」

「どこにいる」

「死んだ」

不思議と納得できた。

宗意が父を知っていると言った時から、心のどこかで死んでいるのだと思っていた。どうしてかと問われても説明できない。なんとなくそう思ったのだ。

母がいた。病で寝てばかりだった。もし父が生きているのなら、どうして母はあのように山の中で自分を育てたのか。

死んでいないとおかしい。

「儂は昔、ある家に仕えておった」

「仕える」

「ある人から飯をもらう。代わりにその人のために力を使う。それが仕えるということだ」

宗意が海を見た。

「その時、儂と同じくその人に仕えている者がおった。それが御主の父よ」

「どうしてわかる」

「その小刀よ」

波から目を逸らさずに、宗意が告げた。

「その小刀は、御主の父が儂らの主《あるじ》からもらったものだ」

「主」

「飯をくれる相手だ」

面倒臭そうに首を振る宗意から、虎は視線を逸らさない。

「主は儂らに飯を与えるための土地を失った。そして儂らは主を失った」

「それじゃあ飯は」

「喰えぬな」

宗意が鼻で笑う。自分自身を笑っているのだと、虎は気づいた。

「御主の父も喰えぬようになった。まぁ、その頃から御主の父は病に倒れ、起き上がることもままならぬ身体であった。皆が飯を喰えぬようになり、そのごたごたの中で、御主の父は死に、母は姿を消した」

宗意がふたたび虎を見た。

「赤子《あかご》だった御主とともにな」

誰か別の人の出来事のように聞いていた宗意の話が、いきなり自分の懐へ飛びこんで来た。息が止まりそうになり、その拍子に咳《せ》きこんだ。そんな虎の姿を見て、宗意の口元に妖しげな笑みが浮かぶ。

「あの時は、自分が生きることだけに皆精一杯じゃった。御主たち親子のことなど、誰も気にかけなんだ。しかしそれでも幾日かは、皆で探したのじゃ。元々御主の母は少し変わったところのある女であった。人と接することが苦手で、常に屋に籠ってい るような女であった。主を失い、夫を喪《うしな》い、一人で生きる決心をしたのであろうな」

母は死んだ。父がいないということも、いまの虎には別段大した問題ではなかった。

「小沼虎之助《こぬまとらのすけ》」

宗意が言った言葉の意味が良くわからなかった。そんな虎の気持ちを悟ったように、宗意がつづける。

「御主は虎ではない。小沼虎之助という名のれっきとした武士だ」

小沼虎之助……。

誰のことだ。

「これからは虎之助と名乗れ。そして、父のように立派な武士となり、御子様を御守りいたせ」

このごろ四郎は、周りの人から〝御子様〟と呼ばれている。

「良いな虎之助」

「虎だ」

「なんじゃと」

「俺の名は虎だ。虎之助とかいう妙な名前じゃねぇ」

闇のような宗意の気配が揺らいだ。

怒っている。

構わず虎はつづけた。

「武士なんてもんになる気もねぇし、四郎を守るつもりもねぇ。俺は俺だ」

「お、御主なんということを……」

「四郎は飯を喰わせてくれる。それだけだ」

嘘だった。

それ以上の想いが虎にはある。波だった宗意の心をさらに掻き立てようと、勢いに任せて言った言葉だった。

無性に宗意の心を掻き乱したかった。知らなくても良かったことを、口にした老人に仕返しをしてやりたかった。

挑発するような言葉が、自然と口からあふれ出す。

「守る気なんかねぇし、誰がなんと言おうと俺は虎だ。四郎が死ねば俺は山に帰る。それだけだ」

「これだけの恩を受けておきながら、なんという物言い。御主はやはり人ではないわ」

「俺は人だ」

宗意が歯を喰いしばる。しなびた唇の隙間から軋《きし》むような音が聞こえた。

突然、背後の家から声がした。

ひそひそと話し合う声が、近づいてくる。

「どうした宗意殿」

四郎の父の声だ。

「獣と語り合うのも一興かと思いましてな」

そう言った宗意の心に生じた細波《さざなみ》は、すでに治まっているようだった。

「そうか……」

つぶやく声とともに、四郎の父が姿を現した。座ったままの宗意のかたわらに立ち、じっと虎を見下ろしている。

「して、いかがであった」

「やはり獣は獣かと」

「宗意殿っ」

四郎の声が夜気《やき》に響く。二人から虎を守るように四郎が立った。

「虎は人です。父上も宗意殿もそのような心根で、切支丹を信じる人々を導くおつもりなのですか」

四郎が自分のことを必死になって庇《かば》っていた。先刻吐いた言葉が、虎の心に突き刺さる。

「民を導くのは儂の仕事ではない。御主の仕事だ御子殿」

四郎の父が言った。

刹那の苛立ち。が、それを越えるほどの感覚の波が、虎の総身に押し寄せていた。

四郎と父のやり取りをうかがう人の波の奥……。

じっと虎を見つめる視線。

「我らが立つ日も近い。詮無《せんな》きことで諍《いさか》いを起こしておる暇はない」

「詮無きこと？　父上はみずからの言葉を詮無きことと申されるか」

「もう良い四郎」

「良くはありませぬ」

言い合う二人を押し退けるように、虎は立ち上がった。そして、己を見つめる男の方へと走りだした。

あの男はこの前もいただろうか？

思い出せない。

「虎」

四郎の声が背中に聞こえる。

答えず虎は進む。

「いかがなされたのかな」

男の声。

虎は考えるより先に小刀を抜いていた。

振り上げた刃が行く先は、男の喉。
止まった。
男が刀を抜いて受け止めている。
速い……。
やっぱり間違いない。
「どうしたんだ虎っ」
四郎が叫ぶ。
答える暇などない。
この男を殺さなければ。
小刀を押す。
びくともしない。
笑っている。
冷たい目。
「刀を引かぬか獣がっ」
四郎の父の声。
振り向く暇などなかった。

「いったいなんのつもりかな」
男が問う。
小刀を押し返す力が恐ろしく強い。
このままでは死ぬ。
虎の本能が告げる。
逃れるように後方に飛んだ。
男はその場に留まったまま、退いた虎を眺めている。
小刀を胸元に構え、もう一度飛ぼうと足に力をこめた。
「虎っ」
四郎の声が、跳躍しようとした虎の心を突いた。
一瞬の躊躇。
男が間合いを詰めた。
凄まじい速さで刀が襲いかかってくる。
首……。
斬られた。
「不意打ちとは卑怯なり」

男の声が聞こえる……。
斬られていない。
生きている。
刀が首の寸前で止まっていた。
少しでも動けば斬られる。
でも……。
「ぐぅあっ」
虎は叫んだ。
男の刀が動く。
しゃがんだ。
頭の上を掠める。
避けたことを確認するよりも早く、虎は立ち上がった。
そのまま飛んだ。
男の顎に頭からぶち当たる。
悲鳴を上げもせず、男は数歩よろめいた。
「そんな……」

おもわず虎はつぶやいていた。

己の頭突きを喰らって立っている生き物を、虎は初めて見た。鹿も熊も、虎の頭突きを喰らうと、もんどり打って倒れる。その隙を突き、一気呵成《いっきかせい》に攻める。相手が死ぬまで攻めつづけるのだ。

そんな虎の頭突きを喰らっても、男は後ずさっただけ。

「糞餓鬼がっ……」

男の顔から余裕が消えた。それまでの穏やかな表情が消え、目には凶悪な怨嗟の炎が燃え上がっていた。

これだ。

虎は心でつぶやいた。己が先刻感じた気は、これなのだ。男の身中に宿った暗い炎。誰にも気取られることのなかった小さな揺らめきを、虎は機敏に感じ取っていた。

「容赦はせぬ」

口から血を流しながら男がささやいた。その手に握られた刀は、切っ先を虎へと向けたまま動かない。

「死ね」

男が踏みこむ。

「ぐおぉぉ」

咆哮とともに虎は飛んだ。

男の刃が頬を掠める。

虎の小刀が男の額を切り裂いた。

一瞬の交錯の後、二人の身体は跳ね飛ぶように別々の方向へ転がった。

「虎っ」

ふたたび立ち上がろうとしていた虎の身体に、駆け寄ってきた四郎が覆いかぶさった。

「どうしたんだ虎っ」

起きあがろうとする虎の肩を、四郎が両手で押し止める。四郎の肩越しに、立ちあがる男の姿が見えた。

「どけ四郎」

「駄目だっ、落ち着くんだ虎っ」

「どけっ」

ゆらゆらと肩を揺らしながら男が近寄ってきた。額を一文字に走る傷から、止めどなく血が流れだしている。

「落ち着かれよ大鷹殿っ」

四郎の父が叫んだ。大鷹と呼ばれた男は、聞いていない。虎に視線を向けたまま、ゆっくりと歩いてくる。

「そいつは……」

四郎に肩を抱かれたまま虎はつぶやいた。視線はまっすぐ大鷹に向けられている。

「そいつはみんなを殺すつもりだ」

皆が一斉に虎を見た。

「でたらめを申すな獣めがっ」

四郎の父が怒りの叫びを上げる。

「嘘じゃねぇっ、どうしてみんなこいつの本当がわからねぇんだ。こいつは味方じゃねぇ」

「なにを申す」

四郎の父が大鷹を見た。

大鷹はすでに虎の目の前まで迫っている。

「島原と天草の火種か……殺《や》ったら親父殿が黙っておるまい……」

男の目から殺気が消えた。

「まぁ良いか」

言いながら刀を鞘に納めた。

「じゃあ、俺はここで帰るが、あんたたち精々《せいぜい》頑張りな」

皆に背を向け大鷹が歩きだす。

「お、大鷹殿っ」

四郎の父が叫ぶ。聞こえているはずの大鷹は振り返らずに歩を進める。

あまりに突然のことで皆啞然《あぜん》としていた。

四郎に抱かれたまま、虎も動けずにいる。肩に触れられた四郎の手が、がくがくと震えていた。

「あ、あの男が裏切り者」

去ってゆく大鷹を茫然《ぼうぜん》と眺めていた男たちの中から声があがった。

声のした方を虎が見ると、そこには若い男が立っていた。ともに家の外で待っていた島原の男だ。

大鷹をじっと睨んでいる。

「裏切り者なら生かしてこっから出す訳にはいかん」

うつむきながらぶつぶつとつぶやいている。その姿を四郎の父が心配そうにうかがう。

「待てぇいっ」

意を決したように輪の中から男が飛び出した。

手には刀が握られている。

襲い来る男の方を見もせずに、大鷹は悠然と歩く。

刀を振り上げていた男が胴から真っ二つに割れた。

大鷹は歩いている。

二つに離れた骸《むくろ》が、地面に転がった。

大鷹が立ち止まる。

鮮血で真紅に染まった顔だけが振り返り、息を呑む皆を見つめた。

「死にたい奴はかかってこい」

八

四郎は海を見ていた。

父とともに天草を廻る旅の途中、四郎はふたたびお藤の住む村をおとずれていた。

湯島での出来事が父たちに与えた衝撃は相当なものだった。

虎が大鷹に襲い掛かり、山田右衛門作の従者が斬られるまであっという間のことだった。

あまりに唐突な展開に動転していた皆は、正気に戻ると大鷹を追った。舟を停めている浜辺の反対側にある断崖まで向かってみたが、大鷹の姿はなかった。

泳いで逃げたのか。

皆の中でも意見は割れた。十月の冷えた海を、衣服を着けたまま対岸まで渡れるのか。半分は無理だと言い、半分はできると言った。

舟を隠していたという意見もあった。大鷹自身は右衛門作たちとともに湯島に来たが、あらかじめ違う舟を崖《がけ》の下に用意しており、それで逃げたというのだ。

四郎はその意見には承服しかねた。なぜなら、あの騒動自体が突然の出来事だったのだ。虎の行動がなければ大鷹は右衛門作たちと、何事もなく島原に帰っていたはずである。あらかじめ舟を用意しておく必要などない。

四郎は、大鷹は泳いで逃げたのだと思っている。

あれだけ大胆に皆の前から姿を消したのだ。島原まで泳いで渡るくらいの自信は十分にあったのだろう。

舟を用意していたという意見を肯定する者たちは、大鷹には仲間がいたと言いはじめた。あの時崖に舟を停めていたのは、その仲間であるというのだ。

ではその仲間とは誰なのか。

公儀……。

この意見を主張しはじめた張本人は四郎の父だった。

幕府はすでに甚兵衛たちの策謀に気づいており、大鷹らを送りこんでいる。こちらの内情を探り、機を見て四郎を殺そうと企んでいたというのだ。

莫迦莫迦しいと四郎は思う。

まるで天下が自分たちを中心に回っているかのごとき考えである。謀議を重ねているとはいえ、父や宗意はただの浪人だ。右衛門作や小左衛門たちは一介の民百姓に過ぎない。島原や天草の侍が気づいているという話ならばまだしも、いきなり公儀というのはあまりにも突飛過ぎる。

暗い部屋の中で同志と謀議を重ねるうちに、父の世間は狭いものになった。島原と天草こそが天下であるとでも言わんばかりに、今回の決起が日ノ本を作り替える契機になると本気で思っている。

公儀が気づいた。それは父の中では半ば事実として語られている。大鷹は隠密で、すでに幕府は父たちを潰すために動いている。だから早く決起するのだと、甚兵衛はこのところ声高に言いはじめた。

父は焦っている。

まるでなにかに憑《っ》かれたかのように、天草中に書や使いを出し、島中を駆け回る父の姿を、四郎はうんざりしながら眺めていた。

決起の日を夢見て甚兵衛に従っていた宗意や右衛門作たちにとっては、願ってもないことのようだった。喜び勇んで各地を飛び回っている。切支丹を信奉する人々が住む村々を密かに巡り、四郎とともに立つのだと説いているらしい。

四郎は〝御子様〟と呼ばれていた。天の祝福を受けた尊き子なのだそうだ。

後戻りはできない。

そう考える度に、四郎の心は黒雲に覆われるようだった。

「御子様」

不意に背後から声がした。

女性の声。

お藤だ。振り向いた四郎の目に、お藤が映った。両手を顎の下で組み、四郎を見つめている。

己は御子などではない……。

言いかけた言葉を呑みこんで、四郎は微笑んだ。

顔色をうかがうように目線を上下させながら、お藤が近づいてくる。海に落ちる夕日が、膨らみを帯びたお藤の丸い頬を紅に染めていた。

「隣に座ってもよろしいでしょうか」

四郎がうなずくとお藤は隣に静かに座った。

お藤の村に来たのは、決起が目前に迫ったことを、庄屋であるお藤の兄に伝えるためだ。

「なにをお考えになられていたのです」

潤《うる》んだ瞳を四郎に向け、お藤が問う。

一瞬、息が止まった。つぶらなお藤の瞳に、吸いこまれそうになる。身体の芯に熱いものを感じた四郎は、思わず目を逸らした。

「さっきからずっと海を見ていらっしゃったので、声をお掛けして良いのかどうか迷いました」

申し訳なさそうにお藤がつぶやいた。

いらぬ心配をかけさせまいと、四郎はむりやり微笑みながら、お藤の方を見た。紅に染まるお藤の顔は光り輝き、神々しいまでに美しい。

「お藤殿……」

「はい」

美しい顔を小さく右に傾け、お藤が視線を投げてくる。ふたたび四郎は目を背け、紅く染まる海を見た。

「沈んだ陽は、どこへ行くのでしょう」

「え」

「陽が西に沈み夜が来て、また東から朝が来る。夜の間、あのまばゆいお日様は、どこにいるのでしょうか」

お藤は返答に困っているようだった。

無理もない。

別段、意味があって問うたことではないのだ。間を埋めるための問いかけ。こうして夕陽を眺めているうちに、漠然と思いついた言葉だった。

「陽は海に沈みます」

お藤がつぶやいた。二人が見つめる海の向こうに島原が見える。

「海の底に沈んだお日様は眠っているんじゃないでしょうか」

「眠る」

「海の底で眠りについたお日様は、朝になると東からまた昇って来ます。皆を照らすために」

どうして西に沈んで眠りについた陽が東から昇って来るのか。そんな疑問が心に湧いたが、お藤が思い悩んで出した答えに水を差す気にはなれなかった。

「四郎様もきっとそう」

お藤の声にわずかに力が籠った。四郎のことを〝御子様〟とは呼ばず、名で呼んだ。いまの四郎を名で呼ぶのは虎だけである。他の者は、必要以上に恭しい態度を取りながら御子と呼ぶ。

お藤が名を呼んでくれたことに仄《ほの》かな喜びを感じた。

「いまは眠っておられても、四郎様はきっとまた私たちを照らしてくださいます」

「眠っている？　私が？」

「最近の四郎様はお辛そうで……」

そう言ってお藤が目を伏せた。

転切支丹の許《もと》をたずね歩く旅の中、四郎は心の中の苦悩を誰にも見せていないつもりだった。胸の中にどれだけ悩みを抱えていようと、皆の前では御子としてあろうとしているつもりだ。父たちがはじめた謀《はかりごと》の中で、四郎は必死にみずからの務めを果たそうと努力してきた。

お藤は見透かしているというのか。

四郎の心を覆う深い闇を、お藤の美しい瞳はしっかりと見据えているのか。

「私たち切支丹にとって、四郎様はお日様なのです」

言葉を返すことができなかった。

「四郎様がいらっしゃるから、私たちは信じられるのです。私たちの苦しみは、きっと救われる。四郎様が導いてくださる」

皆を導く……。

そんなことが自分にできるのか?

父たちとともに皆を戦いに駆り立てようとしている自分が、本当に人々を苦しみから救ってやれるのだろうか。

自信がなかった。いや、そもそも己は、御子などと呼ばれるような資格のない人間なのだ。父を止めることもできず、皆を導けもしない。出来損ないの愚か者。それが本当の四郎という男の姿なのだ。

「四郎様」

神妙な声色でお藤が問う。返す言葉を見つけられずにいる四郎は、なにか熱いものを頬に感じた。目から頬、そして顎へと伝うそれに手をやる。

知らぬうちに四郎は泣いていた。

悲しくもないのに、なぜ泣いているのか。そう己に問う。

哀れだからだと心が答える。愚かな自分があまりにも哀れで、四郎は泣いていた。

己を哀れんでいるような男に、どうして他人を救うことができる。

「お藤殿」

「はい」

「私は……」

喉の奥でなにかが邪魔をして、それ以上言葉が出なかった。

私はあなたたちを導くような男ではないと言いたかった。

お藤だけではない。

天草と島原に住む多くの転切支丹の前で、声を高らかに叫びたかった。

己は御子などではない。

だから……。

愚かな争いはやめてくれ。

「言えない……」

「え」

心の声を口にしていたことに驚き、四郎は思わず息を呑んだ。

「聞かせてください」

四郎のつぶやきを聞いたお藤が、真剣な様子で語りかける。

必死に取りつくろいの言葉を探すが見つからない。

「四郎様は私たち天草の民の希望なのです。どれだけ苦しい思いをなされていても、きっと四郎様は大丈夫。あのお日様のように、黒雲を破って、まばゆい光で私たちを照らしてくださいます」

「お藤殿」

「私はなにがあっても四郎様についてゆきます。天草の民も皆、私と同じ気持ちです。私たちは常に四郎様の味方なのです」

味方という言葉が、暗い水底をわずかに照らしてくれる。こんなにも愚かな自分のことを、お藤は味方だと言ってくれる。信じていると言ってくれる。それが、無性にありがたかった。

「四郎っ」

いきなり海から声が聞こえてきた。二人は同時に、薄藍色に染まりはじめた海面へと目を向けた。

遥か遠くの水面に、黒い粒が浮かんでいる。

「四郎っ」

黒い粒が叫んだ。

「あれは……」

「虎です」

「あぁ、あの時の」

二人が会話を交わしている間に、黒い粒はみるみる大きくなってゆく。嬉しそうに微笑む虎の顔が近づいてくる。まばゆい虎の笑顔が、四郎の心を照らす。

「虎ぁっ」

思わず立ち上がっていた。自分の方へと泳いでくる虎に向かって、四郎は大きく手を振った。

「四郎っ」

言った虎の手が海から上がった。

大きな魚を摑んでいる。

興味のないことはなにも知らない四郎だった。虎の手にある魚の名前は知らない。とにかく虎の胴ほどもある黒く大きな魚だった。

ぐんぐんと近づいてきた虎が、浜辺に上がる。この寒空に褌《ふんどし》一枚で海へと入り、身震いひとつしていない。その強靱《きょうじん》な身体が、四郎には羨ましかった。

「焼いて喰おう」

「天草の民のために御子様となられた四郎様は生臭い物はお食べになりません」

口で息をする魚の頭を、虎がねじった。それっきり魚は動かなくなった。

お藤の瞳に嫌悪の色が滲む。虎はお藤を見ると、顔を強張らせた。

緊張している。

村人に殺されそうになっていた虎をお藤が助けたという話は聞いていた。虎の顔に珍しく困惑の色が浮かんでいる。戸惑うようにお藤の様子をうかがっている虎の姿が滑稽《こっけい》で、四郎は思わず笑ってしまった。

「なにがおかしい」

純粋な瞳で四郎を見つめ、虎が問う。恐らく己よりも二、三は年上であろう虎だが、こうして接していると、つい年下のように思えてしまう。それほど虎は幼かった。そして真っ直ぐだった。

最近、なぜ自分が虎を助け、側に置いたのか少しずつだがわかりはじめていた。

悩みを抱え後ろばかりを向いている自分とは違い、虎は常に前しか見ていない。生きることに純粋で、真っ直ぐだ。迷いとは無縁。喰らうこと、なにかを犠牲にすることを恐れない強さがある。

己に欠けているものを、虎は持っていた。心に空いている大きな穴。その穴が虎の形を成し、己の前に現れたのではないかとさえ最近では思っていた。

「喰わないのか四郎」

手に持った魚を見つめ、残念そうに虎がつぶやく。

「食べよう虎」

四郎が答えると、虎の顔がぱっと明るくなった。

「四郎様」

戸惑いの色が籠った声で、お藤が名を呼ぶ。

こうして名を呼ばれながら過ごすのは久しぶりだった。

四郎という男が、この場所にはたしかにいる。悩み、苦しみ、足掻《あが》きつづける愚か者が、虎とお藤の前に立っていた。

「父には内緒にしてくださいね」

「でも」

「いまは……。いまだけは四郎でいさせてください」

見つめ合う二人の間に虎が飛びこむ。

「どうする四郎」

生気に満ちた虎の瞳が、四郎を見つめていた。

「焼いて食べよう」

そう言って笑った四郎に、お藤はそれ以上の反論はしなかった。

父の顔が上気していた。熱気に包まれた部屋の中で、四郎はただ一人醒《さ》めている。

「ついに時が来た」

浮かれ調子で父が語る。宗意や小左衛門をはじめ、近隣の庄屋たちも集まっていた。

小左衛門の屋敷である。

島原有馬村の村人が代官を殺害した。

イエス様の姿が描かれた絵に祈りを捧げていた最中に踏みこまれた末の殺傷であ

る。この一件を契機に、島原で火の手が上がった。転切支丹を監視する役割で村ごとに置かれている横目《よこめ》を、決起した村人たちが次々と殺して回ったのである。

一揆は島原半島の南一帯に広がりつつあった。

「島原の切支丹たちは、寺や神社を襲い、切支丹にならぬ者たちを殺めながら、数を増しておる様子にござる」

「うむ」

宗意の言葉に満足そうに甚兵衛がうなずいた。

有馬村の村人が代官を殺害した一件に、父たちの思惑が介在していることを、四郎は知っていた。島原の民をまとめようとしていた蘆塚忠右衛門と山田右衛門作の両名によって、切支丹の信仰を隠す必要はないという檄文《げきぶん》が、島原の南目中に回っていたのだ。誰かが代官に見咎《みとが》められればすぐさま決起に向かう。そういう手筈も整えられていた。

有馬村で代官が殺される前日。同村で、代官の手によって二人の村人が妻子もろとも死罪になっていた。この村人たちはイエス様の絵を掲げ、往来で人を集めていたという。この一件がきっかけで、代官は村内の切支丹捜索を決行した。その最中の殺害だったのである。

どこに火が点いてもおかしくはない状況だった。

たまたま有馬村で代官が殺され、はじまりはしたが、すでに火種は各地でくすぶっていたのである。

父たちを焦らせたのは、大鷹幸助の存在だった。湯島での謀議に参加していた大鷹は、虎に襲われ姿を消した。

たしかにあの時、大鷹は一瞬、自分を斬ろうとした。大鷹が何事かをつぶやき、思いとどまっていなければ、四郎はこの場にいなかったかも知れない。

幕府が気づいている。

その思いが父たちを焦らせた。島原の中部から北の説得がままならぬうちに、決起ということになった。

「こちらもうかうかとしてはおれん」

甚兵衛の言葉に、庄屋たちが唸り声を上げた。

「立つ」

男たちが一斉にうなずく。

宗意が口を開いた。

「島原の蘆塚殿、山田殿とかねてより申し合わせていた通り、島原の民は島原城を攻め、我ら天草の者は、富岡城を攻める」

「すでに準備は万端にござります」

庄屋の中から声が上がる。

ぼんやりと皆を眺めていた四郎に、父が顔を寄せた。

「一度転がりだした玉は止まらぬ。もうはじまったのだ四郎。御主が皆を導かねば、民はまとまらぬ」

四郎にしか聞こえない声で、父がつぶやいた。

どうして止められなかったのだろうか。

いまさら悔いてもはじまらなかった。己が無力で愚かだっただけ。父を止める勇気すらなかった。

ならばどうすれば良い。

この期に及んで己になにができる。

瞑目する。

瞼《まぶた》の裏に、虎の笑顔が映し出された。前を向き生きつづけろと、瞼の裏の幻影が告げている。

「わかった……」

父に悟られぬほど細い声で、四郎はささやいた。目を開いて男たちを見る。

「御子様の御言葉じゃ」

父が四郎を見た。

下手なことは言うなよと、父の目が言っている。

深く息を吸い、ゆっくりと吐いた。

「切支丹を信じる……。ただそれだけの理由で殺された人々がいる。でうす様に命を捧げた者たちがいる。教えて欲しい……。どうして、皆は死ななければならなかったのだろうか」

男たちは黙って聞いていた。

「信仰をやめず、苦しみつづけてきた人たちを、私は救いたい」

導く。

そんな大層なことなど己にはできない。だが、苦しむ人々とともに生きることはできる。虎が己とともに生きてくれているように、自分は切支丹とともに生きよう。

「皆のため……」

胸の奥から熱いものが込み上げる。

「私は戦う」

熱気に満ちた男たちの声が、四郎を包む。迷いを振り払おうとした心の中でなにかが引き千切れるような音がしたのを、四郎は涙をこぼしながら聞いた。

九

慌《あわ》ただしい城内の様子を、他人事《ひとごと》のような心地で眺めていた。忙《せわ》しなく行き交う人の群れを搔き分けるように、信綱は磨き上げられた廊下を悠然と歩く。

九州からの書状が、次々と届いている。その最初の一報は、島原の代官が殺されたというものだった。転切支丹たちが蜂起し、有馬村の寺社に火を放ち、深江《ふかえ》村にて島原城兵たちと交戦しているという。豊後《ぶんご》目付より大坂城代、阿部正次《まさつぐ》を経由して江戸へと届けられた書状である。

ついに火の手が上がったか、と信綱は一人ほくそ笑んだ。

かねてより島原に不穏な気配があることは、柳生宗矩の報告で知っていた。首謀者は天草四郎と名乗る少年と、その父親の甚兵衛。

島原松倉家の家臣たちは、一揆勢を城下町の南にある深江村で迎え撃ち、互いに鉄砲を撃ち合い、斬り合ったという。この一戦によって、一揆勢は一度引いたが、周辺の転切支丹《ころび》たちが結集することで盛り返し、松倉家の侍たちは城に籠らざるを得ない状況となった。

島原領主、松倉勝家は江戸勤番である。島原から豊後目付を通して幕府の沙汰を求めてきたのは、現地に残った国家老であった。国家老の注進によると、一揆勢の数はあまりに多く、とても城兵のみで防げるような状態ではないという。

これは一揆ではない。

戦である。

武士と切支丹の戦なのだ。

他の老中たちは、事の重大さに気づいていなかった。九州の西の果てで起こった土《つち》一揆程度の感覚しか持っていない。事ここに至っても老中たちは、松倉家中の問題だという感覚をどこかで持っていた。

島原の隣国、肥後細川《ほそかわ》家からも、騒乱に対する報告は大坂城代経由でもたらされている。その報せでは、海をへだてた島原に火の手が上がっていたので調べさせたら一揆であったという趣旨のものであった。細川家は援軍を求められたが、幕府の沙汰《さた》を受けなければ一兵も動かすことができないと断った。

大名として正しい判断である。

松倉家の窮地に仏心を出し、幕府の判断を仰ぐことなく兵を出していれば、法度に触れたとして国を奪われる事態になった。

細川は外様だ。

些細な失態が、国を揺るがす事態になる。今回の細川のように、危急の事態でも冷静な判断をすることが、国を長らえる秘訣であろう。

情よりも法。それが信綱の思い描く国のあり方である。その点、細川の一揆後の対応は評価できるものであった。細川家だけではなく周辺諸国のいずれもが、救援の求めを受けながら一兵たりとも動かしていない。

幕府の威光が行き届いている結果である。一国の主たる者が、隣国の好《よしみ》という程度の情で、兵を動かす。そんなことを幕府が認めてゆけばどうなるか。

戦国の世に逆戻りである。

たとえ一揆鎮圧のための援軍であろうとも、幕府の認可がなければ兵は出せない。一刻を争う事態だとはいえ、優先されるのは幕府の法度なのだ。

宗矩の言葉が甦る。

〝大名たちは度重なる改易と取り潰しによって、公儀を恐れており申す。一国で乱を起こそうとしても、他の国は同心いたさぬほど、諸国の連帯は薄くなっております。

みずからすすんで徳川家に弓引かんとする者など、皆無と思われ申す〟

大名たちには幕府の権威は、すみずみまで行き渡っている。治まっているといっても問題はないだろう。

だから民衆なのだ。

江戸に幕府ができてから三十四年。戦国の気風もいまは昔である。だが、なおも天下には乱の気配が満ちていた。国を束ねる武士の統制は取れていても、幕府の権威はまだ民の間にまで浸透しているとはいえなかった。百姓たちは田畑を捨て逃散を繰り返し、浪人たちは増える一方。太平の世に、民は緩みを見せはじめてもいる。

緩みは乱を呼ぶ。

箍《たが》を締めなければ、近いうちに幕府は滅びる。そんな危機感が信綱には常につきまとっていた。しかし幕閣の自分が締めることのできる箍は、せいぜい大名止まり。民衆までをあまねく締めるほどの権力はない。どれだけ幕府が法度で取り締まろうとしても、民の一人一人まで監督するなどどだい無理な話だ。

大名たちが何故、幕府を恐れるか。

些細な失態による半ば言いがかりのようなもので、幕府はこれまで多くの大名の領地を奪っている。度重なる改易や取り潰しが、大名たちを震えさせてきた。明日は我が身。そう考えるからこそ、大名たちは幕府を恐れる。

民も同じである。

一度大きな痛みを味わわせなければならない。幕府に逆らったらどうなるかを、天下万民に知らしめなければならない。

明日は我が身という恐怖を植えつけ、支配するのだ。どれだけ非情な手段であろうとも、一度徹底的な恐怖を見せつけなければ、民などという胡乱な存在は到底御《ぎょ》せるものではない。

戦なのだ。

民という顔の見えない大軍と、幕府の戦なのである。神君家康公が関ヶ原で武士の明暗を分けんとしたのと同じように、幕府はいま、解放と統制のいずれが勝るかを懸けた大戦に臨もうとしているのだ。

敗れる訳にはいかない。

いや……。

負けることはありえない。どれだけ一揆勢が大軍だろうと、こちらには莫大な兵力がある。日ノ本の武力を総動員できるだけの権威が幕府にはある。

勝ちは揺るぎない。だからこそ勝ち方なのだ。いかに勝つか。それが、この後の幕政を大きく左右する。民の緩んだ心にしっかりと箍を嵌《は》め、乱の気を根絶するのだ。

思惟の海に没している間に、目的の場所が見えてきた。淀《よど》みない歩調で唐紙《からかみ》の前に立つと、手をかけ勢いよく開いた。

見なれた景色。八畳あまりの部屋の片隅に置かれた書見台の上に、源氏物語が置かれている。簡素なまでに片づいたその部屋は、城内に与えられた信綱の自室である。

源氏物語を読みながら、その日の談合の内容を反芻《はんすう》するのが信綱の日課であった。それは、どんな非常時であろうと変わらない。いや、緊迫した事態だからこそ、熱気を孕んだ談合の場より離れ、一人冷静になる時間が必要なのだ。西の果ての乱だと高をくっている他の老中たちの顔を見ずに、これからの自分の行動を組み立てる。

後ろ手に唐紙を閉め、まっすぐに書見台の前まで歩く。座るとすぐに源氏物語を開いた。〝若菜《わかな》〟の下。この巻の光源氏《ひかるげんじ》は、信綱と同じ年である。が、そんなことなどどうでも良かった。第一源氏物語の内容など頭に入ってこない。文字を追いながら、思いは別の場所へ行っている。読むという行為に没頭することが大事なのだ。情景を脳裏に描くことなど、信綱にはなんの意味もなかった。

上から下へただ文字を読み流してゆく。

今日の談合では島原に上使を出すことが決まった。その人選は、すでに一人に絞られつつある。

板倉重昌だ。

決して好ましい人選だとはいえない。

たしかに父親は、長年京都所司代を務めた有能な男である。神君家康公の覚えも目出度かった人物だ。が、息子とはいえ、重昌は決して才気に満ちた男ではない。親の業績に胡坐をかき、将軍の談判衆として家光公の身近に仕えている機嫌取りの上手《うま》い男。その程度の印象しか信綱にはなかった。

「伊豆守殿」

唐紙の向こうから声が聞こえた。しゃがれた老人の声。聞きなれたものだ。

何度聞いても好きになれない声だった。

「御在室かな」

「入られよ」

唐紙一枚へだてた向こうから滲み出てくる邪《よこしま》な気に、信綱は冷淡な声をかけた。

純白の唐紙がゆっくりと開く。老人は部屋に入ると、速《すみ》やかに唐紙を閉めた。信綱の前まで静かに歩く。相対するような格好のまま、老人は座った。

すべての動きに隙がない。

信綱は源氏物語を伏せ、宗矩と正対した。足元から頭の先まで一本筋が通っているような老人の身体から、凛とした気が放たれている。寒気がするほどに研《と》ぎ澄《す》まされた全身の気が、濁《にご》った宗矩の両の眼から飛び信綱を射ていた。

「燃えましたな」

宗矩は淡々と言った。

燃えた……。

島原のことである。信綱が知るよりも早く、宗矩は島原と天草にくすぶる火種を知覚していた。息子の十兵衛が島原に潜入し、天草四郎、甚兵衛親子の一派の動きを監視していたせいである。

宗矩は島原と天草で一揆が起こるように画策していた節があった。十兵衛を切支丹の中に忍びこませ、決起するように動かしていたようなのだ。

思惑通りに事が進んでいるせいで、宗矩は上機嫌であるように見えた。めったに感情を面《おもて》に出さない宗矩の口元が、笑みを象《かたど》っている。

「最も新しい報せでは、一揆勢は島原城を包囲しておるとのこと」

宗矩は教えるような口振りで語った。

信綱は老中なのである。誰よりも早く、島原からの報せを受ける立場なのだ。宗矩が知りうる事柄で、信綱が知らないものなどないに等しい。そしていま語った内容を信綱がすでに知っていることも、この老人はわかっている。それでも宗矩は、あえてそういう口振りで語るのだ。

宗矩の高慢な態度が、人をいらつかせる。が、それさえもこの老人の手の内なのだ。相手をいらつかせ、心に細波を立てる。心を動かすと人は、どうしても平静では口にしないようなことを喋ってしまう。冷静さを欠くことで、相手に有利な状況を作ってしまうことも少なくはない。それを宗矩は狙っているのだ。

余人に好かれることなど、この老獪な男にとっては鐚銭《びたせん》程度の価値すらない。

安い挑発に乗るような信綱ではない。心に波風も立ってはいない。ぎらついた宗矩の目を正面から受け止めながら、平然と口を開いた。

「松倉家の国家老は、近隣諸国に救援を乞うておるそうにござる」

「ほう」

大目付を退いてなお隠密に対して影響力を持つ宗矩のことだ。その程度のことはすでに耳に入っているはず。

老いた狐は肩をわずかにすくめ、知らなかったとでも言いたげな白々しい演技をした。気取らぬ素振りで、信綱はつづけた。

「肥後細川家をはじめ、九州の諸将はこれに応じず、島原城は一揆勢に囲まれたまま、手出しすらできぬ状況にあるようにござる」

「戦ですな」

「戦にござる」

二人の視線が虚空で妖しく絡《から》んだ。

「籠城する味方に後詰《ごづめ》を送らぬ訳ではありますまい」

老人が知りたいのはここだ。

今日の老中たちの談合で、いったい何が話し合われたのか。上使が島原に派遣されることまでは、おそらく予測がついているはずだ。しかしそれが誰なのかということまでは、さすがの宗矩でも知りようがないはず。

「上使を出しまする」

信綱はためらいもせず告げた。隠すようなことでもない。今日の沙汰はすぐに城内はおろか全国の大名たちに伝わる。

「どなた様がその大役を」

「正使、板倉重昌。副使、石谷貞清《いしがやさだきよ》」

「板倉殿にござりまするか……」

一語一語を切りながら、まるで嚙みしめるように宗矩はつぶやいた。

「三河深溝一万五千石。談判衆にござる」

「御近習の出頭人……、にござるな」

そう言って宗矩が口元に触れた。

「先の九州の国替の折には、城引き渡しの役を受け、十分にこなしておる」

「城の引き渡しと戦では、やることがあまりにも違いまするぞ伊豆守殿」

宗矩の声がわずかに重くなったように信綱は感じた。

宗矩は重昌の上使拝命を不満に思っている。

これまで順調に進んできた島原と天草の騒乱。宗矩の頭にある絵図の中で、重昌という存在は邪魔なのかも知れない。

それは何故か。

「大坂の陣の折にも、敵方との折衝に努め、それなりの成果も上げておる。決して戦場に不慣れな御仁ではない」

信綱の言葉を聞いた宗矩が、右目を大きく広げた。

覗きこむような視線で信綱を見ている。

信綱は意図して重昌を持ち上げていた。宗矩が不服に思っている重昌を評価することで、探りを入れている。

そんな信綱の思惑を宗矩は察したのであろう。

信綱の言葉の裏にある不穏な気を悟り、様子をうかがうように口をつぐんだ。

警戒する宗矩を見つめたまま、信綱はつづけた。

「たかだか島原の百姓どもの一揆にござる。板倉殿に上使として島原に入ってもらい、九州の諸大名たちの軍勢を率いて対処すれば、たちどころに治まりましょう」

「戦であると先刻伊豆守殿は申されたばかりにござりまするぞ」

宗矩がわずかに声を荒らげて言った。心に細波が立っている。

「戦と申した。だからこそ、上使を出し申す」

「板倉殿では務まりますまい」

乗って来た……。

心の中でほくそ笑みながら、信綱は顔色を変えずに口を開いた。

「板倉重昌では務まらぬと、但馬殿は御考えか」

「百姓どもの一揆ではござらぬ」

「たしかに切支丹が加わっているとの報は受けておる」

「加わっておるのではない。切支丹こそが本隊にござる」

そんなことはとうの昔に知っている。第一、切支丹の蜂起であることを教えたのは、目の前の宗矩なのだ。

「見えぬものを信ずる者たちは恐ろしゅうござる」

「一向宗《いっこうしゅう》にござるか」

「左様」

宗矩は大和柳生庄の地侍の息子である。信長《のぶなが》の頃に熾烈を極めたという一向宗門徒の騒乱も目にしているはずだ。

「神仏を信じ、己の命すらも投げだす者たちは、凄まじい力を見せるもの。生きて恩賞や手柄を欲する武士には到底辿り着けぬ境地に、奴らはやすやすと踏み入ることができ申す」

したり顔で語る老人を、心のなかでせせら笑う。

そんなことなど百も承知である。

端《はな》から重昌などに上使が務まるとも思ってはいない。

が……。

重昌を上使とすることに、信綱は不満はなかった。

次の一手をすでに考えている。

「一揆程度の認識しか持たず、島原の民と相対しようとすれば、必ず痛い目を見る」

「負けると申すか」

「板倉殿には務まらぬと申しておるのでござる」

宗矩はつづけた。

「三河深溝《ふこうず》一万五千。その所領はあまりに少ない。外様とはいえ大身の多い九州の諸将を、板倉殿が抑えきれると、伊豆守殿は御思いか」

「思うておらぬ」

重昌に肩入れしていたはずの信綱の突然の変節に、宗矩がわずかに目の色を変えた。老獪な狐の変容を見ないふりをして、信綱はつづける。

「板倉は捨て石にござる」

己の口元に酷薄な笑みが張りついていることに気づいていたが、信綱に取り繕《つくろ》う気はなかった。すでに宗矩は己の懐に飛びこんでいる。

「日ノ本すべての民に箍を嵌めるには、それ相応の炎が必要となる。板倉程度の男に抑えられるような乱であるならば、切支丹どももその程度ということ」

「日ノ本の民に箍を嵌めるための炎とはならぬと」

信綱は静かにうなずいた。

宗矩も莫迦ではない。

信綱がなにを言わんとしているのか。少しずつ量りはじめている。

「十中八九板倉は切支丹どもにやりこめられる。そうなれば幕府が敗れたという事実が残る」

「それすらも伊豆守殿は予測しておられると申されるか」

「島原と天草の民が勝利することで、日ノ本の民の心は緩む。希望という光が、民の心に射す」

「その時こそが勝機」

つぶやいた宗矩に、笑みを返す。

「板倉が敗れた後こそ勝負にござる。緩んだ民の心は、すぐに締めねばならぬ。その時こそ、容赦なき箍で首の根まで締めあげる」

「それで公儀の威光はあまねく天下に轟《とどろ》くと御考えか」

「安んじておる時は皆無にござる」

宗矩が深くうなずいた。

「板倉の上使の次の一手のため、但馬殿に御頼みしたいことがござる」

朽木《くちき》のごとき宗矩の首の真ん中で喉仏《のどぼとけ》が大きく上下するのを、信綱は冷酷にながめていた。

「頼むぞ信綱」

平伏した信綱の頭上に、家光の声が降ってくる。信奉する主の信頼に満ちた言葉を受け、信綱はうやうやしく辞儀で応えた。

板倉重昌が上使として江戸を発ってから二十日もせぬうちに、第二の上使が島原に向かうことが決まった。それは、重昌が江戸を発った二日後にもたらされた報が、大きなきっかけであった。

島原で蜂起した民に呼応するように、天草でも火の手が上がったのである。天草四郎に扇動された天草の民は、寺沢家の城代がいる富岡城に大挙して攻め寄せた。島原城を包囲していた島原の民も援軍として駆けつけ、寺沢方の旗色は悪く、いまにも城を攻め落とされそうだという悲惨な状況であった。

重昌だけでは務まらぬという意見が、老中たちから上がった。それを見計らったように、宗矩が家光に進言をした。

わずか一万五千石の知行しかない重昌では、九州の大身たちを抑えきれぬ。その上、相手は切支丹を信奉する者たちである。新たな上使を出すことが必要であると、宗矩は家光に迫ったのだ。

信綱の指図である。

有能な大目付であり剣術の師でもあった宗矩に、家光は大きな信頼を寄せていた。その宗矩の口から第二の上使を出すという策を語らせることで、家光の心を動かす。

信綱の思惑通り、家光は老中たちに新たな上使を選ぶことを命じた。

選考の席上、信綱はみずから上使として島原に向かうことを志願したのである。端《はな》からそのつもりだった。

島原で火の手が上がった時から、信綱は己の手で乱を鎮圧する決意を固めていたのである。

「九州の諸大名を存分に使い、速やかに一揆を鎮圧いたせ。そなたの言葉は儂の言葉じゃと、皆に徹底させよ」

「ありがたき御言葉。この伊豆守、身命を賭して一揆の鎮定に努めまする」

「頼んだぞ」

もう一度深く辞儀をして、信綱は頭を上げた。

家光の熱のこもった視線が、己に注がれている。脇に居並ぶ幕閣の面々も、信綱の清廉《せいれん》な決意に尊崇の眼差しで応えていた。

幕府は揺るがぬ……。

心の奥にたぎる溶岩のごとき熱が、全身をゆるやかに駆け廻る。公儀のために一生を捧げてきた己の人生に、ひとつの決着をつけるのだ。

舞台は調えられた。

島原天草に燃え広がる反乱の炎を消しつくし、群れる者どもを殺しつくした後、累々《るいるい》と積み上げられた屍《しかばね》を礎《いしずえ》にして、幕府の権威は盤石なものへと変わる。

余人にやらせるつもりはない。

画竜点睛《がりょうてんせい》。

最後のひと筆は己が入れる。

揺るぎない権威こそが、世を統《す》べるのだ。

家光を見つめた。

雄々しい体軀に満ちた覇気が、広間を覆っている。放ってもなお余りある命の力が、後光となって家光を照らしていた。主が放つ光背の輝きを、信綱の目ははっきりと知覚している。幼き頃より仕えし主は、世を統べる王としていま、信綱の前にあった。

この男のためなら死ねる。

切支丹が神のために死ぬというなら、信綱は家光のために死ぬ。

宗矩が語った神仏を信奉する者が易々《やすやす》と踏み越える境など、信綱も簡単に越えることができる。

誉《ほまれ》も恩賞もいらぬ。

ただ家光のために。

ただ幕府のために。

主の元で築かれる揺るぎない体制。それこそが信綱の信奉する神なのだ。

切支丹という国と幕府という国。

どちらが生き残るのか。

「そなたの無事を祈っておる」

言った家光が座を立った。太刀持ちを引き連れ、部屋を去ってゆく。

信綱はもう一度深く頭を下げ、そのままの姿勢で家光の退室を待った。上座でゆっくりと唐紙が閉まる音がする。

静かになるのを待ってから頭を上げた。

幕閣がいっせいに立ち上がる。信綱へ言葉をかけようと寄って来る者は一人二人ではない。男たちの熱い眼差しを避けるように青い畳に目を向けたまま、信綱は立ち上がった。

静かに踵を返す。

裃《かみしも》姿の男たちが追って来る気配を背後に感じながら、信綱は足を踏み出した。

すでに信綱の心は戦場に立っている。仮初《かりそめ》の平穏に胡坐をかき、みずからの安寧にのみ拘泥《こうでい》する無能な者たちと交わす言葉は持っていない。

視界の端に宗矩を認める。一度老人を見て、信綱は小さく顎を上下させた。

広間の唐紙が開く。

開け放たれた広間の向こうに、信綱は戦場を幻視した。

地の果てまで深紅に染まっていた。

十

熱が引かない。

黒々とした波のうねりを眺めながら、虎は身体のほてりに耐えていた。腰をかけた石垣の冷たさが、気休め程度の癒《いや》しを掌から伝えてくる。

海から風が吹いて頬を撫でた。

冬の凍《こご》えるような風でも、身中に宿る炎は消せなかった。

夕暮れ頃からはじまった騒がしい声が、背後に聞こえている。男も女も関係ない、明るい話し声だ。

海から目を逸らし、声のする方を肩越しに見た。焚き火を囲むように人の輪ができている。

皆楽しそうだ。

人の輪のはるか向こう。虎がいるところよりも一段高くなった石垣の上に、白い旗がなびいていた。中央に盃が描かれ、その両脇に二人の子供がいる。子供たちの背中には鳥の翼が描かれていた。二人の子供は神の使いだと四郎が教えてくれた。

〝天使〟という名なのだそうだ。

石垣に囲まれた場所に、多くの家が連なっている。ひとつひとつは村にあったものより小さい。虎たちが来てから男たちが建てたものが大半である。寝起きができるだけの、粗末なものだ。

虎はこの場所にひと月近く籠っていた。

四郎も一緒だ。

大勢の人々もともに籠っている。

皆はこの場所を〝原《はら》の城〟と呼んでいた。〝城〟という言葉が戦う時に籠る場所だということは、ここに来る前に知った。

四郎たちとともに攻めたのだ。

四郎が白い馬にまたがり駆けた。その後を追う者は、はじめ十人ほどだったが、数里も行かぬうちに百人になり二百人になり、ついには途方もない数の群れに膨れあがった。

虎は四郎の馬の側で駆けつづけた。四郎はそんな虎に目もくれない。群衆たちの先頭で時には大声を出しながら、必死に馬を操っていた。

敵が虎たちを阻む。

〝寺沢〟という名の主がいる敵だというが、虎には関係なかった。

四郎が戦っている。

虎が戦う理由は、それだけで十分だった。

男も女もない仲間たちとともに、虎は敵に立ち向かった。硬い鎧《よろい》を着ている敵に、母の形見の小刀ひとつで相対する。

一人、また一人と敵を殺してゆく。

全身を巡る紅い血が、じわじわと熱くなってゆくのを虎は感じていた。槍をかわして敵の喉を掻く度に、鎧の隙間から腹を抉《えぐ》る度に、虎の中で忘れかけていた何かが目覚めてゆく。

生きるために殺す。

殺されぬために殺す。

四郎と出会い、言葉を覚え、人として生きるとはどういうことかを考えはじめていたが、虎はやはり虎なのである。

物心ついた頃から野山を駆け巡り、一人で生きてきた。弱者は死に、強者のみが生きるという理こそが、虎の本来の世界なのである。

この場所は山だ。

押し寄せる敵は獲物である。

獣として生きていた頃の気持ちが、徐々に甦ってゆく。

気づけば小刀を鞘に納め、手足だけで戦っていた。

爪《つめ》で敵の喉を裂き、牙で肉を喰らう。

周囲を敵の骸《むくろ》が覆い尽くした頃、虎は仲間たちの真ん中にいた。

虎の動きを気にしながら仲間たちが戦っているのだ。それがどうやら己を頼りにしているらしいということに気づいた時には、すでに敵は逃げ去っていた。

今度は敵が逃げこんだ城を攻めた。

富岡城という名の城だということは、側で戦っていた女から聞いた。松子《まつこ》という名の女だ。狸のように顔も身体も丸い女だった。

松子をはじめとして、虎の力を頼るように、周囲に人が集まってきていた。富岡城を攻めきれず、四郎を先頭に皆で海を渡ってこの原の城に籠ってからも、それは変わらない。

四郎とともに天使の旗の袂《たもと》で暮らしている虎を、自分たちが住まう三の丸に誘いに来る。そうして夜になると、見張りの当番以外の者たちで集まって騒ぐのだった。

虎は酒を呑めない。

それは原の城に来てはじめてわかったことだった。松子の村の男たちから勧められて呑んだ虎は、椀一杯の酒で倒れてしまったのである。

それ以来、虎は酒を口にしてはいない。

松子たちといるのは楽しかった。

このところ四郎とはまともに話をしていない。最後に二人で話したのは、まだ四郎が白馬にまたがる前のことだ。

旗の下に住まう四郎は常に多くの人が取り囲んでおり、虎がおいそれと会いに行けるような状況ではなかった。甚兵衛や宗意たちのような身近な者から、お藤をはじめとした身の回りの世話をする女たちまで。四郎が一人でいることは一時たりともなかった。

　それでも虎が四郎の側にいることを、誰も咎めはしなかった。そのくせ誰もが冷めた目つきで、まるで犬猫でも見るかのように虎を見る。

　でも虎は四郎の元にいた。四郎が寝起きする小屋の軒下に身を丸めて寝る。どれだけ松子たちに夜中まで引き止められようと、必ず四郎の元で寝た。

「また一人になって」

　松子の声が聞こえた。丸っこい顔から放たれる声に、柔らかい艶《つや》がある。言葉の最後の方でわずかに調子が上がる喋り方が、松子の癖だった。

　原の城に来ると、大勢の敵に周りを取り囲まれた。これまで二度、その敵と戦った。石垣の上から石を落としたりしながら必死に戦い追い払った。その間も、松子は常に虎の側にいたのだ。四郎は城の奥にいる。敵の目の前で戦う松子たちのことが心配で、虎は戦いになると三の丸に足を運んだ。

　石垣に腰をかけたまま、虎は振り返った。

　焚き火に背を向けた松子が立っている。炎を背にしているせいで、姿が影になっていた。

「虎もこっちに来て暖まったら」

松子が手招きをしている。

首を左右に振る。

溜息が聞こえた。影がゆっくりと近づいてくる。側まで来ると、黒い丸だった顔に目鼻が浮かび上がってきた。くりくりとした瞳が虎を見つめている。

「風邪引いちまうよ」

「ずっと山で暮らしてきた。このくらいの寒さはなんともない」

「ふぅん」

大きな松子の尻が、石垣に乗った。虎の隣に座った松子は、海を眺める。

「明日は御正月ね」

「おしょうがつ……」

「知らない」

松子が一層大きく語尾を上げた。山育ちであったことを告げても、松子はさほど驚いてはいなかった。誰にでも辛いことはあると笑って聞きながし、それからは虎をまるで昔からの村の仲間のように扱ってくれている。

「どうして俺に構うんだ」

「どうしてって言われても」

松子が首を傾げて考えている。柔らかそうな頰を見つめていた虎の視線が、松子の胸元へと降りた。丸っこい松子の胸は、赤子の顔ほどの大きさがある。

身体の芯が熱くなるのを感じた。

頭が痺れてくる。

あの胸に顔を埋めたい。

松子を喰らいたい。

抗《あらが》いようのない野性が虎を揺さぶる。

「虎が強いからじゃないの」

痺れるようなまどろみを突き破るように、松子の声が耳をつんざいた。後ろに転げ落ちそうになるのを、足の踏ん張りで防いだ。

松子には気づかれていない。

「いつだって虎は強い」

強い……。

そんなことを考えて戦ったことは一度もなかった。

ただ生きるため。

四郎を守るため。

虎は無心に戦っていた。

「御子様や切支丹の教えは大事だけど、それだけじゃ死んじまうって、虎を見てたら思うんだ」

松子が笑う。

身体の痺れはまだ取れない。それどころか、松子の方を見る度に、痺れはどんどん激しくなってゆく。

「人様を殺しちゃいけねぇ。人様の物を奪っちゃいけねぇ。切支丹の教えはそう言うけど、こうして私たちは立ち上がったんだ。侍たちに負けねぇって誓ったんだ。だから、虎の強さが私たちには必要なんだ」

たどたどしい口調で一生懸命語った松子が、大きく息を吸った。

「私も虎のように強くなりてぇ」

そう言って屈託なく笑う松子。

自分のように……。

そんなことを言われたのは初めてだった。

松子から目を逸らして立ち上がる。

「俺は強くなんかねぇ」

「え」

石段を駆け下り、焚き火の方へと走った。

虎を見つけた人々が、声をかけてくる。

顔を伏せたまま走った。

呼び止める人の輪を擦り抜けて、白い旗を目指す。

口元はかすかに笑みを象っていた。


突然だった。

松子たちの元から本丸へと戻り、四郎の小屋の軒下で眠りについてすぐのことだ。

突然、石垣の向こうから敵の声が聞こえてきた。

三の丸の方だ。

松子たちが住まう場所も近い。

破裂するような音が立てつづけに鳴っている。鉄砲という武器だ。

遠くから敵を仕留める鉄砲が、虎は苦手だった。まずあの薬の匂いが嫌いだった。

つんと鼻につく薬がなければ鉄砲は使えない。あんなに激しい匂いにどうして耐えられるのかと、鉄砲を撃つ者の姿を見るたびいつも不思議に思う。

跳ね起きた。

本丸の仲間たちは別段驚いた様子もなく、城の外の敵に備えている。男たちが鉄砲を構え、女たちは盥《たらい》に沸かした湯を石垣の方へと運ぶ。またある男たちは大きな石を石垣の縁に並べて、足元を覗くように見ている。

小屋の戸が開いた。

「四郎っ」

虎は叫んだ。

女たちに守られた四郎が、扉から地上へとつづく階段の上で外を眺めている。

四郎が虎の声に気づいた。

二人の視線が交錯した。

「大丈夫だ虎。この襲撃はすでにつかんでいた」

そう言って四郎が微笑む。

城外の声は激しさを増している。三の丸の方からしか聞こえなかった声が、二の丸の方からも聞こえてきている。

宗意や甚兵衛たちが小屋の前に集まってきた。皆の顔にも、焦りはない。

「城外の者が知らせて来た刻限よりも幾分早《はよ》うござりまするな」

「抜け駆けでもしたのであろう」

甚兵衛と宗意が口の端に笑みをたたえたまま語り合う。二人は城に入ってから、どことなく変わった。誰に対する時でも、どこか強そうなのだ。

本当に強い訳ではなかった。

敵と戦う時など、二人は一番安全な奥の方で隠れるようにしている。それでも皆、甚兵衛たちに頭を下げる。頭を下げられることで、二人はより強がるのだ。

嫌いな強さだった。

集まって来た男たちの中に、四郎が消える。

語り合う暇さえなかった。

小屋の前にできた人垣を見つめていると、ふと松子のことが気になった。

四郎を囲む群れから目を背け、虎は走りだした。

本丸から三の丸へとつづく虎口を抜ける。石垣に並ぶ男たちが鉄砲を放つ。その脇では石を落としている。戦う男たちの合間を縫って女たちが二人がかりで盥を抱え、煮えたぎった湯を石垣の下へとふりまいている。

必死に戦う人々を横目に、虎は三の丸へと走った。

四郎を置いて走る。

ぐんぐんと本丸が遠くなってゆく。それは二人の心にできた距離のようだった。

四郎が遠いと感じるようになったのはいつ頃からであったか。

天草の地から眺めた島原が、紅く燃えていた頃からのような気もするし、富岡城を囲んだ頃だったようにも思える。

はっきりしない。

気づいた時には四郎は多くの人々に囲まれ、容易に近づけぬ存在となっていた。

いまの虎には戦いだけが拠り所だった。

四郎のために戦っている。

いや……。

戦えば戦うほど、虎が野性を発揮すればするほど、周囲に人が集まってくる。凄い凄いと褒めてくれる。

それが素直に嬉しかった。

四郎は人を殺すこと傷つけることは悪いことだと言う。だが敵を殺すと、皆が褒めてくれる。頼ってくれるのだ。

四郎とともにいるのに、殺すと褒められる。それがどういうことなのか。しっかりとした答えは見つかっていない。だが自分が必要とされているという実感が、虎の心の中に温もりとして存在している。

三の丸が見えてきた。

松子……。

鉄砲を構えた男の隣で石を投げている。

「松子ぉっ」

丸い背中に向かって叫んだ。

松子が振り返る。

真ん丸な目をよりいっそう丸くして、虎を見ていた。

鉄砲を構えた男が叫ぶ。

松子の足元の石垣から、なにかが生えてきたように虎には見えた。

松子の肩が弾けた。仰け反るようにして石垣の内側へ転がり落ちてゆく。

虎は必死に走った。

最前まで松子がいた辺りに、敵の姿が見える。

倒れた松子を女たちが抱きかかえていた。

「虎……」

松子が呼ぶ。

飛び越えた。

跳躍した足が次につかんだのは石垣だった。

登る。

松子の隣にいた鉄砲を持った男が、必死に敵を撥《は》ね除《の》けようとしている。この男とも、昨晩一緒に笑い合った。

敵が三人ほど石垣を登ってきている。

一人が銃を持った男の首を刀で斬った。

血飛沫《ちしぶき》が舞う。

昨晩、焚き火に照らされた男の笑顔が、頭をよぎった。

虎は石垣を駆け登った。

登りきり着地した足が、そのまま石を蹴る。

虎の身体が天高く舞い上がった。

咆哮。

城の中へ入ろうとしていた敵が、一瞬たじろぐように登る手を止めた。

着地。

右足で一人の頭を踏み潰し、左足であんぐりと開いた敵の口を蹴る。

止まる気などなかった。

倒した敵を見もせずに、虎は唖然としているもう一人の鼻っ面《つら》を殴りつけた。先刻、男の首を斬った奴だ。ぺしっという奇妙な悲鳴を上げてから、敵が石垣から転げ落ちた。その重さで、つづいていた敵も雪崩《なだ》れ落ちる。

石垣の突端に立ち、虎は吠えた。

城を取り囲むように無数の旗がひるがえっているのが、遥か遠くに見える。

虎の雄叫びに呼応するように、三の丸のいたる所で男たちの声が上がった。雄々しい声が怒濤《どとう》となって虎の肌を震わせる。

四郎に対する悩みも、松子の身を案じる心も、消え去ってゆく。

はためく色とりどりの旗が、緑一色に染まる。

山……。

密林の中に立つ己を夢想する。

斜面を登ってくる獣たち。

すべてが獲物。

頬を風が駆け抜けた。
鋭い痛み。
頬に手をやる。
血だ。
指先に刺すような匂いを感じる。
鉄砲だ。
斜面の下に目をやった。
獣が銃を構えている。
「ふおぉぉぉぉっ」
斜面の縁に立ち、地を蹴った。
身体が落ちてゆく。
斜面を登ってくる獣の一匹に狙いを定める。
顔を踏み潰す。
衝撃で手が離れた獣の身体とともに落ちてゆく。
着地。
獣を敷いた分、足の痺れは少なかった。

すぐに動ける。

周囲を取り囲む獣たち。

殺す……。

生きるために。

駆けた。

目の前の獣が持つ槍が迫る。

飛ぶ。

空中。

背中のすぐ下を槍がすり抜ける。

着地と同時に、槍を突き出したままの獣の首をつかんだ。伸びた爪を肉に突き立て、そのまま抉る。

血飛沫を浴び、新たな獲物に向かう。

刀が来る。

背を丸め、四本足で駆けた。

獣の腹を頭で突く。

吹き飛ぶ獣の腹を両足で踏み、そのまま飛んだ。

新たな獲物の身体に抱きつき、喉を噛み千切る。

ほとばしる血で喉の渇きを潤す。

獣たちが恐れている。

虎を遠巻きに眺め、手出しをしてこない。

斜面の上から呼ぶ声がする。

仲間だ……。

ここは山ではない。

「城……」

つぶやくと同時に、目の前の幻影が晴れた。木々に覆われた密林は、乾いた大地に変わり、獣たちは人の姿となった。

恐れを満面に張りつかせた男たちが、遠巻きに虎を見ている。切っ先はどれも震えていた。

刺すような匂い……。

飛んだ。

震える男たちの隙間から破裂するような音が何度も鳴った。

右足が痛んだ。

着地と同時に痛みのある場所を見る。小さな穴が空いていた。ふくらはぎの辺りにぽっかりと空いた穴から、赤黒い血が噴《ふ》き出している。

身体の重みを傷ついた方の足へと乗せた。歩けないほどの傷ではなかった。

「なにをもたもたしておるっ」

群れの奥から甲高い声が聞こえた。それを聞いた男たちの肩が大きく上下する。

「小汚い百姓一人になにをもたついておるのだっ。皆で押しつぶすのじゃ」

人垣の向こうに、叫んでいる男の姿を見た。一際輝く兜《かぶと》をかぶっている。

ひどく吊りあがった目の男だった。

「頭《あたま》か……」

つぶやきながら、右足を踏み出す。ふくらはぎの穴から血が噴き出すが、構わずに歩を進める。

「仕留めろっ。早う仕留めるのじゃっ」

煌《きら》びやかな兜が叫ぶ。

奴がこの群れの頭だ。

虎の勘がそう告げていた。

走る。

吊り目が怯えるように仰け反った。
虎を遠巻きに取り囲んでいた敵が、一斉に襲いかかる。
腹の底に力を溜め、一気に吐き出しながら虎は吠えた。
ほんの一瞬だけ敵の足が止まる。
その虚を衝くように虎は跳ねた。相手の一瞬の心の隙を突く。誰かに教わったこと
ではない。山で暮らし、野性のまま育った虎が、生きるために培《つちか》ったものだった。
虎の動きに気づいた男たちが、一斉に槍を突き出す。
わずかに遅い。
敵の群れの目の前に着地した虎は、すかさず身体をちいさく屈めた。
無数の槍が頭上を抜ける。
敵の足をつかみ、思いっきり引っ張った。
後方に派手に転んだ腹に乗り、また飛んだ。
掻き分ける。
兜姿の男以外見えていない。
敵が押し寄せ男を守る。
腰に差した小刀を抜く。

目の前を遮った者は斬った。

刃を避ける。

斬る。

進む。

右足の傷の痛みは激しさを増してゆく。それでも止まる訳にはいかない。

敵の腹を小刀で刺し、抜くと同時に後方へと払い除ける。

獲物はもう目の前。

手足が痺れる。

靄《もや》が出てきた。

先刻まで荒かった息が、急に静かになる。

全身を覆っていた疲れが消えた。

己は死ぬのか。

考えながらも足だけは、靄のかかった視界の真ん中にある兜の男の方へと向かっている。

が……。

思うように身体が前に進まない。夢の中で走っているかのように、どれだけ足を前に出しても、いっこうに兜の男が近づかないのだ。
靄の中で、銀色の光が幾度も閃く。
斬られているのか。
だが痛みがない。
背後でなにかが破裂するような音が聞こえた。
兜の男が仰け反る。
肩を押さえていた。
音のした方を肩越しに見る。
松子だ……。
鉄砲を構えている。
笑っていた。
「行けぇ虎っ」
松子の叫び声が背中を押す。
身体の痺れが消えていた。
ふたたび兜の男を見た。
苦しみもだえながら敵の群れの中へと消えてゆこうとしている。

「があぁぁっ」

叫んだ。

必死に追う。

阻む敵をなぎ倒しながら兜の男を目指す。

あと少し。

背中に手が触れた。

小刀……。

刺さった。

兜の男が振り返る。

見開いた目が虎を見た。

襟首をつかもうと手を突き出し、虚空を一度掻いた後、兜の男が背中から地面に倒れこんだ。

敵の悲鳴。

それまで必死に虎を阻もうとしていた敵が、一斉に逃げはじめた。

「板倉重昌殿討ち死にぃぃっ」

敵の群れから叫び声が上がった。

逃げて行く敵から目を背け、足元に転がった骸を見る。

この男が板倉重昌なのか。

敵にも名前がある。

敵も己と同じ人なのだ。

殺してはならない。

傷つけてはならない。

そう四郎は言った。

なのにこうして殺している。

背後の城から歓声が上がった。

振り向く。

引いてゆく敵の群れに罵声《ばせい》を浴びせる味方の姿。

皆喜んでいた。

ただ一人城外に立つ虎を見て、仲間たちが手を叩いている。

突かれた肩の痛みすら忘れ、両腕を上げて喜ぶ松子の姿を見つめながら、虎は一人つぶやく。

「俺は人を殺したんだ……。どうして喜ぶんだ。なにが嬉しい」

四郎に聞きたいことが山ほどあった。

十一

方々から笑い声が聞こえていた。活気に満ちた人々の笑顔が、沈みがちな四郎の心を、すこしだけなぐさめる。

本丸を抜け出し、城の南方に位置する松山《まつやま》の出丸《でまる》に向かう道を歩いていた。松山の出丸は、島原へ渡ってきた天草の者たちが守る場所である。

人々の顔はどれも明るかった。勝利の喜びに満ち、輝いている。

元旦から、幕府軍が総攻撃をかけてくることを、宗意や父たちは知っていた。松倉家の中に切支丹の者を紛れこませていたらしい。

この攻撃の最中、敵の総大将が死んだ。

殺したのは虎だという。

あの日、幕府軍の喊声を聞いて小屋を飛び出した四郎の元に、虎はいた。みずから寝床とさだめた軒下から這い出し、心配そうな視線を投げてきたのを覚えている。しかし、父や宗意たちが集まってくると同時に、虎の姿を見失ってしまった。

三の丸へと行っていたらしい。どうやら天草で富岡城を攻めていた時に親しくなった者たちがいるようである。

彼らを助けるために、虎は本丸を飛び出した。そして敵の総大将を殺したのだ。

虎のおかげで幕府軍は撤退した。

一部の民の間で、虎は英雄のような扱いを受けているようである。

総大将を討ったのだ。

当然のことであろう。

虎自身は、そんな周囲の反応に戸惑っているようである。慕ってくる者を、威嚇して寄せつけない。

天草の山奥で、ずっと一人で生きてきたのだ。とつぜん大勢の人から持て囃されて、戸惑うのも無理はない。

そんな虎だが、一人の女だけはよく近づけている。松子という名だということは、虎が教えてくれた。本丸へ姿を見せた松子が、虎と語り合っている姿を、四郎もたまに目にする。しかし二人の間に入ることはない。立ち話程度に、女性の名を聞くだけで精一杯だった。

原城に入る前、おそらく父とともに決起した頃から、虎と二人で会話を交わすことがなくなった。どちらかが意図して距離をとっているという訳ではない。四郎の周囲には、常に人が集っている。一人になることなど、この数ヵ月の間一度もなかった。

朝から晩まで数人の女性たちが、四郎につきっきりで身の回りの世話をする。世話をしてくれる女性たちがいない時は、必ず父や宗意たちと一緒にいた。各村の庄屋たちも含めて、軍議の真似事のようなことをしている。

すべての場所で、四郎は座の中央にいることを強要されていた。この城に籠る三万八千人の中心に、四郎は立っている。四郎の一挙一動が、皆の関心の的だった。

疲れていた……。

心が枯渇《こかつ》し、なにも考えられない。そんな日々がつづいている。

民の信仰心を利用し、幕府に反旗をひるがえした父たちの思惑に怒りを感じていたことも、抗議することすらできない自分の弱さに対する悔しさも、いまとなっては懐かしい。

目の前のすべての景色が灰色だった。

決起に際し、天草の切支丹たちは、十五歳に満たない子供たちをみずから殺した。これから武器を取って戦わなければならない時に、子供たちは足手まといだからという理由で、親たちは愛する我が子を殺したのである。

二の丸や三の丸や松山出丸に、切支丹の民は各村ごとに住んでいる。その中に子供の姿がないことに気づいたのは、城に籠って間もない頃のことだった。子供たちの所在を聞いた四郎に、宗意が語って聞かせてくれたのが、先の話である。

この時、心の中でなにか大切なものが崩れた。

子供を殺してまで戦う理由などどこにあるのか。

尊い信仰のためであろうと、我が子を殺すなどという所業は間違っている。

度重なる切支丹への弾圧。

みずからの食い扶持《ぶち》すらままならないほどに厳しい年貢。

島原天草の民が、地獄の苦しみの中で生きてきたことは知っている。原城に籠る人々の痩《や》せこけて目が落ち窪《くぼ》んだ姿が、侍たちの所業がどれほど非道なものだったのかを教えてくれてもいる。

それでも子供を殺して良いという理由にはならない。

明日に希望を抱けぬ世だ。生きることは苦痛に満ちている。だが、その苦しみを子に強要して良い訳がない。

子は明日の希望なのだ。

親の意志を受け継ぎ、子は生きる。そして、想いは次の世代へと繫がる。

この地に籠る者たちの切支丹に対する崇高な信仰心は、いったいどこに向かっているのか。

大人たちの意志を受け継ぐ子はもういない。行く末を失った想いはどれだけ尊いものだろうと、抜《ぬ》け殻《がら》に過ぎないではないか。

みずからを慕い集ってきた者たちを守ると、四郎は決心したはずだった。切支丹でありながら、皆に人を殺せと命じることを、四郎は迷いながらも受け入れようと必死に努力していた。苛烈な弾圧から、厳しい年貢から、皆を守る。そのための戦いだと自分に言い聞かせようとしていた。

父たちの思惑とは別のところで、四郎は戦おうとしていたのである。

それなのに。

すべてがどうでも良くなった。

我が子を殺してまで決起した皆の決意を、どうしても認めることができない。皆を愛そうとすればするほど、慈しもうとすればするほど、心のどこかでもう一人の自分が彼らを軽蔑するのだ。

足手まといになろうとも、殺すことはなかった。どこかに隠すという手もあったたかもしれない。原城に籠らせることもできただろう。

一揆に加担した者は、必ず公儀の厳しい詮議《せんぎ》を受ける。隠したとしても見つかる危険は大きい。

わかっている。

城にある兵糧《ひょうろう》は限られている。食い手は少ない方が良い。

そんなことはすべてわかっているのだ。

それでも、やはり四郎には子供を殺してまで戦う理由は見つけられなかった。

「大丈夫ですか？　御子様」

かたわらにつき従っていたお藤が、心配そうに声をかけてきた。

「さきほどから額に汗が」

お藤が言うと、別の女性が四郎の額を拭った。その手を払い除けながら、四郎は微笑を浮かべる。

「大丈夫です」

「少しお疲れの御様子。本丸にお戻りになりますか」

お藤の声に首を左右に振って答える。

久しぶりの外出だった。

本丸から出ることを、四郎は禁じられている。

城の周囲は幕府軍が取り囲み、方々に櫓《やぐら》が建てられていた。いつ何時、狙撃されるかわからない。それを恐れた父が、四郎の外出を禁じたのであった。

総大将を討たれ、幕府軍は混乱している。次の襲撃は当分無いと見た父は、たまには気を紛らわしてくれれば良いと、特別に外出を許したのだ。

松山出丸と本丸の境にある坂道の途中で、四郎は立ち止まった。

腰に手を当て、顔を上げて大きく息を吸う。早春の澄んだ冷気が、喉を通って胸を満たす。目を閉じたまま身体を左右に振ると、背骨が乾いた音をたてた。

一度、息を止め、ゆっくりと吐き出す。頭の中にあるもやもやとした想いが、白い息となって空に溶けてゆく。

心配そうに顔色をうかがっているお藤に視線を向け、四郎は笑った。

「大丈夫です。行きましょう」

言いながら歩を進めた。

緩やかな坂を登り終えると、広い平地が姿を現す。いたる所に小屋が建てられ、平地の際《きわ》をぐるりと取り囲むように庇《ひさし》が取りつけられていた。小屋はここを守る天草の人々の住まいであり、庇のある辺りは、城を守るための防衛線である。庇の下には堀が掘られ、攻撃を受けた時は矢玉を避けるため、その堀を歩く。

「御子様じゃ」

出丸の各所から声が上がった。瞬く間に四郎の周囲に人垣ができる。

御子様、御子様と、目に涙を浮かべた人々が四郎にすがってくる。差し伸べられる手のひとつひとつをつかみながら、四郎は熱気に包まれていた。

「大事ありませんか」

誰にともなく問うと、老若男女すべての頭が、いっせいにうなずいた。歓喜と羨望の眼差しを向けてくる人々。差し出される手。すべてが灰色だった。自分はどうしてこんな所に来たんだろう。愛することのできない人々に囲まれて、いったいなにがしたかったのか。

わからなかった。

「虎様じゃ」

不意に輪の中から声が上がった。四郎に向けられていた視線が、徐々に逸れてゆく。四郎は人々が見ている方へと顔を向けた。

虎が立っていた。

出丸の入り口あたりで、虎が四郎を見つめている。

灰色の景色の中で、虎だけが色に満ちていた。眩いほどの鮮やかな彩りが、四郎の目に飛びこんでくる。みすぼらしく煤《すす》けた虎の衣服が、煌びやかな錦《にしき》に見えた。

「虎様じゃ、虎様じゃ」

四郎の元に集っていた民の中から、一人二人と欠け、虎の方へと寄って行く。

若い男が多い。

武勇に憧れを抱いているのか、男たちは取り囲んだ虎を熱い視線で見つめていた。

うっとうしそうに男たちを手で払う虎。その様がなんとも滑稽だった。まるで鼻先に寄ってきた蠅《はえ》を払うかのように、左右の腕をばたばたと振り回している。

男たちに囲まれて、戸惑っている虎の姿を見つめていると、なんだか嬉しくなってきた。

虎が慕われている。

あんなに誰かに必要とされている。

山奥で、たった一人で生きてきた虎が、自分以外の誰かと交わっている姿が、無性に嬉しかった。

男たちの笑顔の真ん中で、伏し目がちに頭を掻く。そんな虎の姿を、お藤たちが苦々しそうに見つめていた。身の回りの世話をするお藤たちは、四郎が虎と接触しようとするのを意図して阻んでいる。お藤たちが考えて行っていることではないのだろう。恐らく父や宗意からの指示なのだ。四郎が虎と親しくするのを、父は以前から嫌っていた。山の中で育った卑しい者としか、虎のことを見ていない。

「虎っ」

四郎は叫んだ。

お藤たちの顔が、いっせいに強張った。

虎が目を大きく見開き、四郎を見た。

「こっちに来てくれ」

四郎を囲んでいた人垣が割れる。虎を囲んでいた男たちも、四郎の方へと誘《いざな》うように輪を開いた。二人の間に立ちはだかるようにお藤たちが立つ。

四郎は踏み出した。

お藤の腕に手を添え、力をこめる。

「御子様……」

振り向いたお藤に、微笑を浮かべたままうなずくと、四郎は立ちふさがる女たちを掻き分けた。

虎が歩いてくる。

「四郎」

目の前に立った虎が言った。その瞬間、周りにいた女たちの顔が引きつった。四郎を御子と呼ばないことに対する、敵意にも似た暗い感情である。

四郎は別段気にするでもなく、虎の肩に手を添えた。温かいものが心に溢れてくる。四郎と呼ばれることが、これほど心を安らかにさせてくれるとは思わなかった。虎はなにも変わっていない。敵の総大将を殺そうと、若い男たちに慕われようと、虎は虎だった。

「少し話をしよう」

そう言って四郎は、虎の背中に手を添え歩きだした。ついて来ようとしていたお藤たちを、視線だけで制する。

「四郎と話したいと思っていた」

「私もだ」

出丸の縁に向かって歩き出した二人に、ついて来る者はいない。

四郎は庇の下に来ると、堀の縁に座った。虎はそれを飛び越え、出丸を囲む柵《さく》に手をかけた。その視線は遠くに見える敵の方へと向けられている。

「こうして二人きりで話すのは久しぶりだな」

そう切り出した四郎を、振り返った虎が見つめた。
笑みを浮かべる虎の顔を眺める。
本当に虎なのか。
四郎は己に問うた。
なにも変わらないと思っていたが、こうして間近で接してみると、どこか違ってい
る。顔はたしかに虎なのだ。姿形もはじめて会った時となにも変わっていない。
なのにどこか違う。
目だ……。
輝きが違う。
お藤の村で囚われていた頃の虎には、ぎらぎらとした野性がみなぎっていた。目に
入った物はすべて喰らう。それくらいの危険な煌めきを持っていた。
目の前に立つ虎の瞳は、あの頃よりも深かった。出会った頃の息が止まるような野
性はなりを潜め、獣から人へと近づいているように思える。野性が瞳の奥に沈んだ代
わりに、しなやかな強さが備わっていた。
剥き出しの怖さはない。が、一度火がつけば、恐らく以前の虎よりも数倍恐ろし
い。そう思わせるだけの奥深さが、虎の瞳にはあった。

「どうした四郎」

虎が小首を傾げる。

「しばらく見ないうちに強くなったな」

「ずっと一緒にいただろ」

「そういうことではない。側にいても、見ないことはある」

「俺のことを見ていなかったのか」

「そうだな」

四郎は、うなずいて目を伏せた。虎も四郎から目を逸らし、城外の敵の方を見た。

「ずっと聞きたいと思っていた」

おもむろに虎が切り出した。

「なんだ」

「俺は人を殺した」

遠くに見える旗に視線を向け、虎はつづける。

「人を傷つけるのは良くない。人を殺すことは絶対にしてはいけないこと。そうだろ四郎」

答えられなかった。即座に肯定できない自分に、四郎は苛立ちを覚える。

「なのに俺は褒められた。よくやったと皆が言う。四郎の父や宗意たちでさえ、俺を褒める」

「そうか……」

「どうして人を殺して褒められる」

戦だからだ。

侍ならば、虎はいまごろ第一の武勲《ぶくん》と褒め称えられ、褒美を得ていることだろう。

虎は戸惑っている。

人を傷つけてはならないと四郎から教えられてきた虎にとって、富岡城以降の皆の行動が理解できないのだ。

虎の気持ちが痛いほどわかる。

人を殺してどうして褒められるのか。

わからない。たとえ戦場であろうと、やはり人を殺すことは間違っている。

「褒められて、どう思った」

「わからない」

即座に答えが返ってくる。はじめて会った頃に比べると、格段に会話の速度が増していた。言葉も四郎が教えた以上のものを覚えている。

「嬉しかったか」

城外に向けていた視線を、ふたたび四郎へと戻し、虎は首を左右に振った。

「俺は必死だった。松子が突かれ、敵が城に入ってこようとした。気づいた時には城の外に出ていた」

それは四郎も聞いていた。虎が単身城を飛び出し、敵の中を駆け回ったということだった。

「何人も殺した。そして、最後の一人を殺した時、敵が引いた」

それが板倉重昌だったのだろう。

「城に戻ると褒められた。殺したのに褒められた……」

虎は寂しそうにつぶやいた。

どんな言葉をかけてやれば、虎は満足するのだろうか。間違っていないと肯定すれば、虎は安心するのか。それとも、やはり人を殺すのは間違っていると糾弾《きゅうだん》してやれば、落ち着くのだろうか。

自分の素直な想いではなく、虎が求めるものを考えていることが、四郎にはたまらなく辛かった。

自分の気持ちを素直に口にできなくなったのは、いつからだろう。

父たちの陰謀の片棒をかつぎ、切支丹の教義とは別の思惑の中で生きはじめた頃から、みずからの心に鍵《かぎ》をかけたような気がする。良いものは良い駄目なものは駄目だと、口にするだけの強さを失っていた。

いや……。

本当にそんな強さを持っていたことがあるのか。

幼い頃より父の後ろに隠れ、ただ言う通りに生きてきたのではないのか。切支丹になったのも、父の影響である。そもそも、その父だって元の主が切支丹だったから、己もなっただけのこと。明確な信仰心がないことは、切支丹の教えを、民を扇動するための道具として利用したことからもわかる。

小西家が潰えて父が変わったと言った母の言葉を思い出す。父は、浪人という己の身をなげき、世を恨み、変わっていったのだ。

どうして自分はそんな父に従っているのか。四郎は父とは違う。切支丹として、純粋な信仰心を持っているつもりだ。城に籠る人々に向かって父がなにかを語る度に、切支丹の教えが汚されたような気持ちになる。

父は非情だ。

原城に籠ることになった時、渡辺小左衛門が、宇土《うと》に隠れていた四郎の母と妹たちを救いに行って、帰ってこなかった。母たちの潜伏場所を事前に察知していた幕府側に、小左衛門は捕えられたのである。とうぜん母や妹たちもその時、捕えられてしまった。

この報せを聞いた時、父は冷淡に承知したという言葉をひとつ吐いただけだった。いつもの厳しい顔立ちを一瞬たりとも変えはせず、黙って自室に戻ったのだ。

その時の父の背中を四郎はいまも覚えている。怒りも悲しみも動揺すらもない、いたって平然とした後ろ姿。父の酷薄な気性をいまさらながら知らされた。

小左衛門は父の野望を、長年陰ながら支えてきた腹心とも呼ぶべき存在である。幕府の弾圧から父たちを必死に匿《かくま》い、衣食や住む場所を世話してくれた恩人なのだ。

そんな小左衛門と妻子が幕府に捕えられたのである。

一揆の首謀者である己と父の近親者である彼らにどんな苛烈な詮議が行われているのか、想像するだけで四郎は眠れなかった。

なのに、父は常と変わらぬ素振りで、黙々と城の雑事を取り仕切っている。

それでも人の親なのか。

それでも切支丹を導く立場にある者なのか。

胸倉をつかんで厳しく問い詰めたくなる衝動を、四郎はずっとこらえていた。

怒りに任せて人を責めることは、教えに反する行いである。そう自分に言い聞かせることで、父との葛藤を胸の奥に呑みこんでいた。

父に言われるがまま、富岡城を攻めた。

目の前で人々が死んでゆく。

敵も味方も死んだ。

それを馬上から眺めていた。

怖かった。旗頭として先頭に立つことで、皆を守ろうとしたはずなのに、なにもできなかった。ただただ怖かった。

自分は父の操り人形だ。

天の御子として、城に籠る人々の希望になる。それが、父が四郎に求める姿だった。手足を縛りつける見えない鎖。その先がどこに繋がっているのか、四郎にははっきりとわかっている。わかっているのに、見ないふりをしてきた。

嫌われるのが怖かったからなのか。

違う。

たぶん、認められたかったのだ。

「どうした四郎」

長い沈黙に耐えられなくなったように、虎が四郎をうかがう。

「大丈夫だ」

そう言った四郎の手足を虎が心配そうに見つめる。

「震えていたぞ」

虎の言葉で、四郎ははじめて己が震えていたことに気づいた。

「寒いか」

「いいや」

答えながら四郎は立ち上がった。そして、虎の隣に立ち、柵の向こうに見える軍勢へと目をやった。

色とりどりの旗が風に揺れている。大勢の侍たちが、城を取り囲んでいた。こちらに目をやる者もいる。

そう……。

四郎は戦場にいるのだ。

城外の侍たちは敵。

虎は味方。

殺し殺される宿命。

それが戦だ。

では……。

父は味方なのか
「虎」

「なんだ」

まんまるな瞳が四郎を見つめる。

「私たちは戦っているのだな」

「戦だ」

「そうだな」

石垣の彼方に見える柵の向こうに侍たちが並んでいる。こちらを見張っているのだろう。その中の一人と、目が合った。

今、笑ったのか。

表情を読み取れる距離ではない。

しかしたしかに笑ったように四郎には見えた。

男が手にした銃を持ち上げる。

銃口が向く。

私は死ぬのか。

浴びせかけられる殺意。

動く気になれなかった。

ここで死ぬのならば、その程度の命だったと諦めがつく。

野山の獣を殺すがごとく、笑顔で人を撃てるような男の手にかかるのか。

己は迷える小羊か。

それとも……。

己に向かって語りつづける虎の声を聞きながら、四郎の目は、はるか遠くの侍に向けられていた。

それとも天の御子。

己が天の御子ならば……。

「死ぬ訳はない」

銃声。

虎がとっさに動いた。

覆いかぶさってくる。

激しく揺れる視界の端に、駆け寄ってくるお藤たちが見えた。

大丈夫だ。

死んではいない。

「四郎っ、四郎っ」

肩をゆすりながら虎が叫ぶ。

起きあがってうなずく。

痛みはどこにもない。

まだ死んではならぬと、誰かに言われているような気がした。

誰だ。

「神……」

やはり己は神に選ばれた御子なのだ。

切支丹を汚す者を許してはおけぬ。

四郎の脳裏で、父の顔が音をたてて崩れてゆく。

「私の父はでうす様だ」

「どうした四郎」

心配そうに見つめる虎に、四郎は微笑みを返す。

「虎も戦っている。だから私も戦う」

言いながら虎の肩に手をやった。いつしか周囲に人々が集まっている。

大切な仲間。

切支丹の教えを信じる同志だ。

守らなければならない。

なにから守るのか。

幕府軍ではない。

父からだ。

切支丹を利用し、みずからの宿願を叶えようとしている下劣な男から、皆を守る。

それが神の御子としての己の務め。

「虎よ、これからはお前が私を守ってくれ」

「なに」

「誰よりも一番近くにいてくれ」

言った四郎の目がお藤に向いた。

「山田右衛門作殿の所へ行く」

十二

城だった。

敵だった。

戦だった。

原城を囲む幕府軍の北端に陣を敷いた信綱の目の前に広がっている光景は、まさに戦場だった。新たな上使の到来を、九州の諸大名が歓待する。甲冑《かっちゅう》姿のまま、信綱の前に並ぶ外様の大名たち。細川に黒田《くろだ》に鍋島《なべしま》。錚々《そうそう》たる顔ぶれである。皆の顔は一様に暗かった。長い包囲に倦《う》み疲れているのか。それとも、つい三日ほど前の大敗のためなのか。

どちらでもよかった。

正月の総攻撃で、板倉重昌が戦死した。諸大名たちの足並みが揃わぬまま、信綱の到来を知った重昌の焦りが生んだ蛮行である。

それよりも前、重昌は二度の城攻めを行った。その時も一揆軍の猛烈な反撃の前に、めぼしい戦果を得られないまま撤退したという。

包囲か城攻めか。九州の諸大名と重昌は揉《も》めに揉めた。三度の城攻めは、重昌が意を通す形で行われたのである。

その末に死んだ。

家光の顔色ばかりうかがっていた男らしい最期だと信綱は思った。上使として島原に遣わされ、なんら成果も上げられずに信綱を迎えれば、一揆が終息した後の幕府内での重昌の立場は悪くなる。

もう一つ。

重昌は人一倍自尊心の強い男である。

上使として自分が遣わされているというのに、新たな上使を信綱に命じ島原に送った家光や幕閣たちに対して、怒りもあったのだろう。

だからこそ急いた。

諸大名たちの反対を押し切ってまで城攻めを決行したのは、他愛もない思いからであろうことは容易に想像ができた。

連携の取れない大名たちの動きに焦り、重昌は自軍を率い突出したそうである。みずから城に張りつこうとして反撃を受けた。戦場にいた者の報告では、一人城から飛び出した者があり、その男に斬られ死んだという。

あまりにも突飛な話である。

戦なのだ。

個人がどうこうできるようなものではない。大勢の攻め手に囲まれている中、一人で飛び出し大将首を挙げるなど、とうていできるものではない。

重昌は銃弾を受けていた。おそらくそれが致命傷になったのだろう。

とにかく重昌は死んだ。

信綱にとって、それは期待よりも大きな成果であった。

自分が島原に到着する前に、幕府軍は一度負けなければならない。壊滅するほどの大敗ではなくとも、それなりに大きな負けが必要だった。

勝ちに浮かれた一揆軍は調子づく。島原の情勢を、息を潜めてうかがっている各地の民衆たちも、幕府の敗北を知り良からぬ思いを抱くことだろう。

一度、箍を緩める。

そのための重昌だった。重昌は功を焦り、みずから突出して死んだ。数日とはいえ、幕府軍は総大将を失った。重昌は死して、見えない功を上げたのである。

幕府軍の敗北という大きな成果を信綱に捧げた重昌の功は、決して語られることはない。が、信綱の思惑以上の目覚ましい軍功であったことは間違いない。

一月の寒空にたたずむ原城を、端然と眺める信綱の口元に笑みが滲む。

背後に控える大名たちの、息遣いが聞こえるようだった。叱責《しっせき》を恐れるように、静かに信綱の言葉を待っている。

「有馬忠郷《ただよと》殿」

原城を見つめたまま、信綱は言った。背後で悲鳴にも似た声が上がる。久留米《くるめ》藩主、有馬豊氏《とようじ》の息子、忠郷の声だということは見ずともわかった。忠郷は江戸にいる父、豊氏の代わりに有馬家の兵たちの指揮をとっている。

「過日の総攻撃の折、貴殿の軍はかねてからの申し合わせを無視し、単独で三の丸に押し出したという報せを受けておるが、真《まこと》であるか」

「はは……」

忠郷の声がわずかにくぐもっている。額がいまにも地面につきそうなくらいに平伏しているのだろう。

「細川殿」

「はっ」

老齢の声が答えた。熊本藩主、細川忠利《ただとし》である。

「総攻撃の申し合わせの刻限は」

「寅《とら》の刻（午前四時ごろ）にござりまする」

「有馬殿が動いたのは」

忠利が口ごもった。仲間を売るような真似はできぬと言いたげな間である。

「有馬殿」

それ以上、忠利には問わず、ふたたび忠郷に矛先を向けた。

「貴殿が動かれたのは何刻であられる」

「う、丑《うし》の刻（午前二時ごろ）であったかと」

「あったかと、とは」

「ござりました」

観念したのか忠郷が言い切る。そこで信綱は原城に背を向け、居並ぶ諸大名たちと正対した。

「抜け駆けにござるな」

言い逃れのできない失態に、忠郷はうつむいたまま声を失っている。

本当は忠郷の抜け駆けなど、どうでも良かった。有馬が功を得ようと焦ろうが、戦の大勢に関わることではない。

幕府は一度敗れた。その時点で、当初の目的は達成されている。

どうでも良いとはいいながら、忠郷の抜け駆けは、信綱にとって都合が良いものであった。

若い嫡子《ちゃくし》の軽挙のおかげで、足並みの揃わない諸大名たちの箍を締めることができる。恐怖に震えあがる忠郷の姿を見せつけ、諸将たちに下手は出来ぬという意識を植えつける。そうして信綱の指揮に忠実な家臣に変えるのだ。

重昌といい忠郷といい、まるで信綱が到来するための地均《じなら》しをしてくれたかのような行いであった。感謝こそすれ、責める気など信綱には毛頭ない。

有馬への叱責を我が事のように恐れ、息を呑む大名たちを信綱は眺めた。

「今回の有馬殿の件については、戦が終わってから上様が御判断なされること。この場で某《それがし》がどうこうするつもりはござらぬ」

ここ島原の地において、信綱の言葉は家光の言葉である。

家光直々《じきじき》に信綱に与えられた権限であった。

それは諸大名にも知れ渡っているはずだ。

この場で忠郷を処断することもできた。が、あえて判断を先送りにすることで、諸大名たちの間に規律を徹底させる。

揺るがぬ規範。

それこそが、民との戦で最も大事なものだと信綱は信じていた。

幕府は揺らいではならないのだ。公儀の一員である大名たちが、鉄の規律に従うことが、民との闘争に勝つ最大の武器となる。

「これからは皆で取り決めたことは、決して違えぬよう、しかと肝《きも》に銘《めい》じておいていただきたい」

「もっ、申し訳ありませなんだっ」

忠郷が絶叫と同時に額を地面に叩きつける。

しらじらしい若者の弁明に一瞥《いちべつ》をくれてから、信綱は皆を見た。忠郷の言葉に同調するように、諸大名は信綱に向かって深く頭《こうべ》を垂れている。

「さて……」

つぶやきながら床几《しょうぎ》に座った。

突然、大名たちの背後からただならぬ気配が湧き起こり、信綱の胸を押した。わずかな息苦しさを覚えながら、平伏する大名たちから目を逸らし、ひりつく視線の主を探す。

陣を固める松平家の侍たちに紛れ、男が信綱を見つめていた。

男の全身から立ち上る紫色の気に、見覚えがある。

柳生宗矩……。

江戸城の闇を牛耳る男の剣気と同色の気を、目の前の男は放っていた。松平家中の侍はおろか、列席する大名たちでさえ、男が放つ並々ならぬ剣気に気づいていないようである。男が信綱だけに剣気を収斂《しゅうれん》させているからなのか。それとも、皆が鈍感過ぎるのか。おそらくそのどちらも間違っていない。

己の気魄《きはく》に信綱が気づいたことに満足したらしく、男が口元を歪めた。陰険な笑みまで、父親と瓜《うり》二つである。

男から目を逸らし、信綱は大名たちを見た。

いまだ剣気は放たれたまま。胸を押し潰されそうになりながら、顔には一切苦悶《くもん》の色は見せない。天下の老中にこの無礼な態度。将軍を相手に容赦せず、木剣でさんざんに打ちすえたという噂も、隠密になるための嘘ではないのかも知れない。そう思わせるだけの邪悪さが、男にはあった。

「これからの戦であるが」

男のことを頭から追いやろうと、信綱は大名たちに向かって口を開いた。

頭を上げた皆の表情が、緊張に強張っている。先刻の有馬忠郷への詰問《きつもん》で、信綱に反論できる者はいなくなっている。皆で決めると口にはしたが、信綱が意見を言えば、それは決定と同義であった。

「三度の攻撃に賊どもは耐えた」

原城に籠る者を、信綱は〝賊〟と斬って捨てた。御禁制である切支丹の旗を堂々と掲げ、幕府に逆らった時点で、原城に籠る三万八千人は日ノ本の民ではなかった。秩序の中にある異物は、すなわち賊である。

「神仏を信奉する者は命を平気で投げだすという」

宗矩の言葉だ。柳生の地で一向宗門徒の反乱を目の当たりにした老人の、心身から滲み出た言葉である。それは、三度の攻防で原城に籠る者たちと刃を重ねた諸大名たちの心に、すんなりと沁《し》みこんだようだった。実感のこもったうなずきを細川などは見せている。

「力攻めで押したところで、寄り合いの我らが敵うはずもない」

言葉の裏に重昌への批判を匂わせた。端から力攻めに反対であった九州の諸侯は、このひと言で信綱への信頼を深めるはずだ。

将軍の名代への恐怖と、総意を肯定されたことへの信頼。

殺戮《さつりく》と混乱が横行する戦場において頂点に立つためには、厳然たる力を示さなければならない。揺るぎない権威という鞭と同調という飴《あめ》で、外様たちの首根っ子をしっかりと押さえる。手綱《たづな》さえ握ってしまえば、あとはこっちのものだった。

「原城は完全に包囲しておる」

言いながら信綱は原城を見る。一番高い場所に、純白の旗がなびいていた。

あそこに天草四郎がいる。

切支丹を焚きつけた首謀者たちがいる。

「這い出る者、忍びこむ者、一匹の虫さえも見逃してはならぬ」

諸将の陣所が城を囲む。色とりどりの陣旗が、祭りのごとき賑《にぎ》やかさである。

「干殺《ひごろ》せ」

抑揚のない声で言った。大名たちが息を呑む。

「原城に籠る者は、しょせん腹を空かせた民百姓よ。飯がなくなれば、神も仏もありはせぬ」

大名たちが深くうなずいている。

重昌は誤った。

いや……。

信綱が誤らせたのだ。

力攻めをしなければならない状況を作ったのは信綱である。第二の上使衆を宗矩に献策させ、みずからが仰せつかるための工作をした。結果、焦った重昌は力攻めの末に敗れて死んだ。

強攻策に乗り気ではなかった外様の大名たちは、重昌に同調する気はなかった。当たり前である。皆にとって島原も天草も他国である。他所《よそ》の家の騒乱で、みずからの兵を犠牲にしたい者など誰もいない。

九州の領主たちにとって必要なのは、幕府に対して誠意を見せたという態度のみ。参陣したという事実があればそれで良いのだ。

潤沢な兵糧を全国から確保できる幕府軍が、籠城戦で敗れる訳がない。重昌が外様たちと同調して敵が飢えるのを待てば、損害を被ることなく始末はついたのだ。

だが、本当にそうなっていたら、困ったのは信綱である。重昌には幕府側の敗北を、一身に背負ってもらう必要があった。

敗北という汚名とともに、邪魔者は退場した。

かねて諸大名が望んでいた通り、これからはじっくりと時をかける。幕府の敗北によって調子づく一揆勢を、じりじりと締めあげてゆくのだ。

じきに城内は地獄に変わる。

腹を空かせた餓鬼どもが横行する修羅《しゅら》の巷《ちまた》となるのだ。

その時、日ノ本の民は知ることになる。

幕府に逆らえばいかなる目に遭《あ》うか。

公儀を敵に回せば、どのような死に様をさらすのか。

原城に籠る三万八千人は、そのための生贄《いけにえ》だ。

一匹たりとて許すつもりはない。

「元旦の攻撃が賊に知れておったという噂がある」

元日早朝の攻撃であったにもかかわらず、一揆勢はまるで待ち受けてでもいたかのように、冷静に迎え撃ったという話を、目付の石谷貞清から聞いていた。石谷は、内通者の存在を暗に匂わせていた。

信綱の言葉に、大名たちの顔が青ざめた。

「この場ではっきりと言っておきたい。これより先、賊と通じるような者がおれば、発見次第、厳罰に処する。どのような些細なものでも、家中にそのような者が見つかれば、御家が無事では済まぬこと、肝に銘じておいてもらいたい」

「ははっ」

大名たちが頭を垂れた。

「これより原城を干す」

言った信綱の目が、諸将の向こうに立つ男を見つめていた。

「御初に御意を得まする。柳生十兵衛三厳《みつよし》にござります」

軍議の最中、不躾《ぶしつけ》な剣気を放ってきた男が、うやうやしく頭を下げながら名乗った。原城が見える小高い丘の上、信綱と十兵衛の他に誰もいない。警護の者は下げた。宗矩が最も愛する息子、十兵衛の腕があれば、警護など必要ない。

信綱は腕を組み、原城を眺める。そのかたわらで、まるで家臣のように十兵衛が片膝立ちで控えていた。

「父上から其処許《そこもと》の話は、よう聞いておる」

「悪行の数々、伊豆守様の御耳を汚すものばかりにござれば……」

「但馬守殿は御子息に恵まれておるな」

見え透いた世辞に、十兵衛が皮肉の冷笑で答える。不遜な態度は、父譲りのものだと思えた。老齢の宗矩ならば許せもするが、十兵衛の不遜は可愛げがない。粗野な野心が垣間《かいま》見える邪悪な態度だった。

心に芽生えたわずかな嫌悪を毛ほども出さず、信綱は口を開く。

「其処許が動いてくれた御蔭で、火の手が上がった」

「某がおらずとも、島原天草には遅かれ早かれ火がつき申した」

「それを早めたのは其処許」

「さて……」

謙遜ではなく、本心から十兵衛は首を傾げているようだった。細い目が、きっと信綱を見た。これ以上の世辞はいらぬと、闇に沈む瞳が語っている。

信綱は声音を変えることなく、話題を変えた。

「其処許に会ったら聞きたいことがあった」

「如何なることにござりましょうや」

重昌が死んだ戦の顚末を、目付の石谷貞清から聞いた。その時からずっと胸にあったしこりを、十兵衛に吐き出す。

「其処許は元旦の攻撃の時は何処にいた」

「戦場におり申した」

即答する十兵衛の顔を見た。不敵な笑みを唇の端に滲ませたまま、じっと信綱を見つめている。その冷淡な眼光は、父よりもなお妖しい輝きを放っていた。

嫌らしいほどの自信が、十兵衛の頑強な顔に張りついている。

信綱は確信した。

自分はこの男のことを、宗矩以上に好きになれない。

吐き気がしそうになる十兵衛の顔から目を背け、信綱は言葉を吐いた。

「板倉重昌の死に様は見たか」

「ほぉ」

浮ついた声を十兵衛が上げた。

「どうした」

原城を見つめたまま、信綱は問うた。小さな笑い声が十兵衛の口元から聞こえる。

「伊豆守様が、そこに気を御止めになられるとは思うておりませなんだ」

「何故じゃ」

「莫迦げた話でござりまする故、端《はな》から御信じになられぬと思うており申した」

楽しそうな声で十兵衛が語る。

「其処許のその口振り。やはり、あの話は真なの……」

「真にござりまする」

信綱の問いかけが終わらぬうちに、十兵衛が答えた。よほど語りたいのか、宗矩の愛息の声は喜悦に満ちている。

「功を焦った重昌が城に取りつかんと兵を進めた際、城から一人の男が飛び出し、兵をなぎ倒しながら重昌に迫り、ついに……」

「重昌殿は其奴に討たれ申した」

十兵衛が断言する。

思わず信綱は振り返って十兵衛を見ていた。

そこに鬼がいた。

細かったはずの十兵衛の目が、追儺《ついな》の鬼面のように大きく見開き、紅潮した頰の真ん中にある分厚い唇の間から、黄色い牙が二本飛び出している。広い額に左右一対の角を信綱は幻視した。

長年接してきた宗矩からは一度として受けたことのない印象を、十兵衛に抱いていることに信綱は気づいた。

この男は楽しんでいる。

信綱自身も宗矩も、幕府が体制として盤石なものになるため、乱を望んでいた。その格好の舞台として島原天草を選び、こうして火の手を上げさせた。

望んだ乱である。

が……。

この男ほど無邪気に楽しんでいる訳ではなかった。

十兵衛はこの殺伐とした戦場を、まるで鬼ごっこでもするかのような気軽さで満喫している。誰が死に、誰が生きるか。恐らく自分が死ぬことすら、遊興の一部と捉えているのではないのか。

この男は父の命のためでも、幕府のためでもなく、ただ己が楽しむためだけに島原に火の手を上げさせたのだ。

剣の道を追い求め修羅の地平を望んだ者の、生死を渇望する姿が目の前にある。一人城から飛び出し重昌を討ったという男の話をする際の楽しそうな十兵衛の顔に、信綱は自分には理解できない境地を垣間見ていた。

「某は、重昌殿を討った者といささか面識がござりまして」

「なに」

十兵衛のつぶやきに、信綱は思わず問い返していた。我が意を得たりとばかりに凶悪な笑みを浮かべ、十兵衛は口を開いた。

「島原で切支丹どもを扇動しておった蘆塚忠右衛門と申す者の屋敷へ、豊臣恩顧の浪人になりすまし厄介になっておった時、一揆の首謀者どもの謀議に参加したことがあり申す」

「その話は御父上に聞いておる」

「ならば話は早い」

十兵衛が分厚い唇を、これまた分厚い舌で舐めた。その醜悪な様を見た信綱の背筋に怖気《おぞけ》が走る。思わず十兵衛から目を逸らし、ふたたび原城を見た。白い旗が本丸の奥で風にたなびいている。

「重昌殿を討った男は、天草四郎の従者にござった」

「天草四郎だと」

「左様」

十兵衛を見つめながら問いたい衝動を、必死に抑える。

「奴は獣にござる」

「どういう意味だ」

「言葉通りの意にござる」

十兵衛の言わんとすることがいまひとつ理解できない。

獣とはどういうことか。

粗野で凶暴だというのなら、十兵衛も立派な獣である。十兵衛のような類の人間であるということなのか。

「奴は人の言葉すら十分に理解できませせぬ」

「有体《ありてい》に申せ」

思わせぶりな十兵衛の口振りに、つい苛立ちが滲み出る。

「重昌殿を討った男は、天草四郎に〝虎〟と呼ばれており申した」

「虎……」

「親もなく物心ついた頃にはすでに一人、山で暮らしておったようにござる」

「真の獣か」

「しかし人でござる」

民とは姿の見えぬ大きな波だ。ひとつひとつは小さいが、その中には信綱が予想すらできない者が紛れていたとしても不思議ではない。虎という獣が原城にいる。それがわかっただけでも、聞いた価値はあった。

「奴を生かしておくのは危のうござりまする」

信綱の思考を断ち斬るように、十兵衛がつぶやいた。

「たかが一匹の獣になにができる」

「幕府軍の総大将を討ち申した」

不敵な挑発。

信綱は十兵衛に視線を投げた。

「某が城に潜むこと。御許し願えませぬか」

「何をする」

「虎と刃を交えとうござる。できれば天草四郎も……」

「殺すか」

信綱の視界の中央で、赤ら顔の鬼が嬉しそうにうなずいていた。

十三

覇気のない人々を見つめながら、虎は三の丸へつづく道を歩いていた。

このところ、皆ろくなものを食べていない。

最後に米を喰ったのはいつのことだったか。稗《ひえ》や粟《あわ》でさえ、もう二十日以上も口にしていなかった。最近は、米俵《こめだわら》に使っていた藁や城内に生えている草などを食べて生きている。

ひと月ほど前までは城外に対して積極的に戦う気を見せていた人々も、いまでは守りを固めることだけに必死というありさまである。

飯がない。

ろくなものを食べていない身体では、戦うなどという強い心を保つことは難しい。

懐を両手で抱くようにして、虎は三の丸へと急ぐ。懐には人の拳ほどの大きさの握り飯が入っている。

四郎がくれたものだ。

虎や普通の人々はもうすでに穀物を口にできないが、四郎や甚兵衛たちは、まだわずかに残った米を食べている。

お前は私を守ってくれているのだからと、四郎は二日に一度は虎に握り飯をくれた。それを松子に持ってゆく。貧しい暮らしには慣れていると言って、満足にものが喰えなくなってからも松子は必死に戦っていた。長年、侍たちから多くのものを奪われてきた松子にとって、喰えないということはそれほど珍しいことでもないのである。飢えるということに、松子は慣れきっているようだった。

虎も同様だ。

山の暮らしの中では、腹いっぱいに喰えるということの方が珍しかった。なにも喰わなくても五日ほどならば、動くだけの力を残しておける。

城を囲んだまま敵が動かなくなってからひと月あまり。虎たちが原城に入ってからふた月が経っていた。

本当に苦しんでいるのは、松子たち百姓や虎ではなく、甚兵衛や宗意のような昔侍だった者たちであった。

虎は城に入ってから、ここに籠る者たちにいろいろな立場の者がいることをはじめて知った。

四郎のような切支丹の神を信じる者たち。

侍に苦しめられ、切支丹とともに戦うことを決めた松子のような百姓たち。

城外を取り囲む侍たちと敵対する、甚兵衛や宗意のような侍たち。

三つの人の輪が、城の中で複雑に折り重なってひとつになっていた。その中でも切支丹を信じる人々と百姓たちは、もともと民というひとつのまとまりであり、弾圧と搾取《さくしゅ》という苦しみに耐えてきたという意味でも同じ想いを持っている。百姓が切支丹であり、切支丹が百姓なのだ。違いは曖昧である。

しかし甚兵衛や宗意のような侍たちは違った。皆と微妙な距離を保ちながら、城の中で暮らしている。自分たちは民とは違うという想いを心のどこかに抱えているようだ。

戦である。

民の中に、実際に槍や鉄砲を握って戦ったことのある者は少ない。戦った経験のある者に導いてもらう必要があった。だから甚兵衛を筆頭にした侍たちが、民をまとめている。戦において、民は侍たちに無条件に従っていた。だからいまだに米を喰っている者は、侍たちが多い。

城の外にいる侍たちと、城内の侍たちの違いが虎にはよくわからなかった。

侍は民から米を奪い、切支丹を禁じる。だから、原城に籠る人々は立ち上がったのだ。それなのに城の中でもまた、侍たちに米を喰わせ自分たちは草木を喰らっている。神の下に人は皆同じだと四郎は言った。侍も百姓も切支丹も、そして虎も、神の下には同じ人なのではないのか。侍が米を喰い、百姓が草木を食べる。それはおかしいことではないのか。皆が同様の物を喰う。米がなくなる時は、皆の米がなくなり、誰も喰えなくなる。それが当然のことなのではないのか。

実際には、侍たちだけがまだ米を食べつづけている。

四郎は別だと思う。

神の御子である四郎が飢えて倒れてしまえば、人々は支えを失うことになる。四郎だけはなんとしても生きるべきだ。城の民が一人でも残っているならば、四郎は死んではならない。だから四郎は最後の最後まで飯を喰う必要がある。

不意に胸の奥に棘が刺さるような鋭い痛みを感じた。

虎は切支丹でも百姓でも、ましてや侍でもない。城の中にある微妙な力関係の埒外《らちがい》にある存在である。人々の葛藤《かっとう》からも、集団の相克《そうこく》からも、無縁の存在なのだ。

自分は存在していない。

そう思うことがある。

四郎に誘われるように里に出て、様々な人に出会い、戦い、城に籠った。多くのことを学び、人として生きることを知ってゆく度に、虎の心のなかに言い知れぬ不安が膨らんでゆく。

人は人とともに生きる。親とともに生き、成長するとともに友が増え、仲間が出来てゆく。そういう輪の中で生きることで、人は己の立場というものを自覚する。

切支丹。

百姓。

侍。

立場は違えど、皆それぞれの仲間や友がいる。同じ辛さを分かち合い、同じ喜びを知る仲間が人々にはいるのだ。

虎は一人だ。

仲間と呼べる者はどこにもいない。

四郎……。

たしかに虎を拾ってくれた恩人であり、友だと言ってもくれはする。が、根本の所で四郎と虎は混ざり合えない。

虎は孤児であり、四郎は侍の子にして天の御子。そんな立場や生まれの違いだけではないもっと根本の所で違っていることに、虎は最近気づいた。

虎は神を信じていない。

神という存在に実感を持てないのだ。

城に籠る以前、四郎は神の話を熱心に語って聞かせてくれた。

四郎が信じる神が民を動かし、こうして城に籠って敵と向かい合ってもいる。それが凄まじい力だということも、どこかでわかってはいた。

それでもやはり神を身近に感じることなどできないのだ。

生まれてからずっと山で生きてきた。山での暮らしの中では、目に見えるものだけが真実だった。神などという存在を感じたことなど皆無だ。

言い知れぬ気配を感じたことは数えきれないほどある。しかしそれを追ってみると、必ず何ものかが存在していた。小さな獣であったり、山を登ってきた人であったりと、姿はまちまちではあったが不確かなものには絶対に正体があることを虎は知っていた。

だから四郎が語る神という存在を思う時、どうしても居心地の悪さを感じてしまうのだ。

目に見えないけれどある。

触れることはできないけれど感じることができる。

信じれば救われる。

そんなものがあるのなら、どうして人は腹が空くのか。

どうして人は傷つくのか。

どうして人は死ぬのか。

神は答えてはくれない。

納得できなかった。

四郎が信じている。多くの人々が信じてもいる。それを否定する気は毛頭ない。それでも虎は、自分が切支丹にはなれないことだけは確信を持って言えた。

四郎と自分は根本的な所で違っている。そう感じた時から、虎は言いようのない寂しさを胸に抱えていた。それでも、四郎と離れることはできないとも感じている。山を下り村人に囚われていた自分を救ってくれた恩人であり、人の世を見せてくれた四郎を心の底から慕っていた。信じるものが違っていたとしても、四郎は虎にとって絶対的な存在だった。

離れることなど考えもしない。

三の丸へ入った虎の目が、松子の村が守っている区画をとらえた。腹を空かせているのだろう。皆動きがどこか鈍い。石垣の際に建てられた柵を見回る男たちの目が、黒く落ちくぼんでいた。両手に桶を下げて歩く松子を見つけた。三の丸の奥にある井戸から水を汲《く》んできた帰りのようである。

自然と足が早くなった。

松子に米を喰わせる。

どうして自分で喰わないのか、虎自身にもわからなかった。ただはじめて四郎に握り飯をもらった時から、松子に喰わせるべきだと思っている。

ふっくらとした唇をおおきく開いて食べる松子の姿を見ているのが、なによりも好きだった。喰い終わった松子が嬉しそうに笑う姿も大好きだった。

ただそれだけだった。

「松子っ」

呼びかけたその時……。

背後で大きな雷《かみなり》が鳴った。

思わず背筋が縮こまる。激しく上下した視界の中で、松子が手に持っていた桶をひっくり返していた。

雷は止《や》まない。

何度も何度も城の近くに落ちている。

松子に向かって駆けていた。懐の握り飯はつぶれて腹にへばりついている。

虎と松子の真ん中で土が吹き飛んだ。土埃《つちぼこり》に、松子の姿が消えた。

雷が鳴りつづけている。

いたるところで土が吹き飛んでいた。

雷とは違う何かだ。

そう思った虎の脳裏に、切支丹たちが手にする鉄砲が浮かぶ。鉄砲が玉を飛ばす時の音を何倍も大きくしたような音だった。それが海の方から聞こえてくる。

恐怖に腰が砕けた松子の肩を抱いた。

「大丈夫か」

呼びかける虎の声に、松子は丸い顎をかくかくと小刻みに上下させて応えた。

二人の目の前にあった小屋の屋根が弾け飛んだ。その時、空から黒い大きな玉が飛んできて小屋に落ちたのを、虎ははっきりと見ていた。

「松子……」

震えている松子を抱く手に力が籠った。

「痛いよ虎」

周囲で巻き起こる土埃の中、空を横切る黒い玉がいくつも見えた。

「なんだあれは」

誰にともなく問う。

虚空を行き過ぎる黒い玉。

鳴り止まない轟音《ごうおん》。

ただならぬ事態であることは明らかだった。

不意に四郎のことが心配になった。

「私は大丈夫だから」

虎の思いを悟ったように松子が語る。虎の胸を両手で押し、身体を引き離す。

「助けてくれてありがとう」

そう言って微笑む松子の手を握る。

「本当に大丈夫か」

「私には村の皆がいるから」

「そうだ……」

おもむろに懐の中を探る。ぐちゃぐちゃにつぶれた握り飯を寄せ集めて、懐から出した。握りしめた指の間から漏れる米を見つめ、松子が笑った。

「いつもありがとうね」

松子のやわらかい指が、虎の拳から漏れる米をこそぎ、みずからの口元へと持ってゆく。そうして虎の手から米を綺麗に食べ終えると、両手を合わせて拝《おが》んだ。

「私にとっては虎が神様だよ」

心の中がかっと熱くなった。

「行って虎」

言った松子の目が大きく見開かれた。

「行かせる訳にはいかねぇな」

背後から誰かの声がした。

「虎っ」

松子の悲鳴。

身体を押された。

地を転がる。

体勢を整え、先刻声のした方を見た。

両手を広げて立つ松子。

その前に誰かがいる。

男だ。

その手には刀……。

血。

松子の血。

両手を広げたまま、松子が虎の方に向かって倒れる。片膝立ちの足元に、松子の顔が落ちてきた。

両目を見開いたまま、松子は動かない。

「松子」

頰に手をやる。温もりを保った白い頰を、深紅の血が濡らしていた。

「女は斬り応えがないから好かん」

松子の頰を撫でる虎を見下ろしながら、男が言った。

土埃が風に運ばれ、男の顔が陽光に照らされる。

見覚えのある顔だった。

記憶を必死に探る。

奴だ。

海を渡って島に行った時、戦った男だ。

「久しぶりだな小僧。覚えているか」

「おまえは……」

名は知らない。が、その身体にまとわりつかせている死の匂いだけは、忘れようとしても忘れられるものではなかった。

「御主に死んでもらうためにわざわざこんな所まで来たんだ。しっかりと相手してくれぬと困るぞ」

言いつつ男が松子の身体を踏みながら近づいてきた。

頬に触れた手が震える。

「立て小僧」

「やめろ……」

「なにを」

右手に刀を下げたまま男が問う。その足が松子の腹の辺りにあった。刀が届くところに虎の頭はある。

「松子から離れろっ」

虎の中でなにかが弾けた。

城外に一人で飛びだした時に感じた衝撃だった。

いや。

あの時よりも激しい爆発が、頭の中で起こっている。

松子の頬から手を離し、そのまま立ち上がった。

立つというよりも、飛ぶといった方が適当な足の動きだ。

男の頭上高くに飛んだ虎の右足が、風を切って唸る。

凄まじい勢いで男の顔面に炸裂した。

男は刀を持ったまま仰け反る。たたらを踏んだ足が、松子から離れた。

虎は止まらない。

着地と同時にもう一度跳ね、そのまま男の鳩尾《みぞおち》を蹴り上げる。

今度は大きく後ろに転げた男は、土の上を幾度か回転してから立ち上がった。その時になってはじめて、虎は男の姿を正視した。

百姓のような粗末な衣を身にまとっている。たしか島にいた時は、侍だと言っていたはずだ。身ぎれいな服装をしていたことも覚えている。

百姓にはおよそ似つかわしくない黒鞘を腰に差したまま、男が虎をにらむ。その口元には余裕を滲ませた笑みが張りついている。

「この格好のままこいつを運びこむのは苦労したんだぞ」

虎はにらみつづける。

男が頬についた泥をはらいながら口を開く。

「良い蹴りだ」

男は苦しんでいない。

それが意外だった。

渾身《こんしん》の力で蹴ったのだ。

ただで済む訳がない。

それなのに目の前の男は、まるで突風に押された程度のことにしか感じていないようだった。

地を転がった動き……。

あれはわざとだったのか。

「おいおい、考えるなよ小僧」

片眉をおおきく上げて男が語る。

「獣が考えてどうする」

言いながら近づいてくる。

「感情を解き放たせるために、その女を斬ったんだぜ俺は」

男が動かない松子を見ていた。

「人であろうとする御主と戦っても、楽しかないんだよ。板倉を殺した時のような、獣になれよ。え、虎」

男が笑いながら虎の名を呼ぶ。その手が懐に伸びたのを見逃さなかった。

銀色の閃光《せんこう》が男の手から飛んだ。

後ずさって避けた。

痛みはない。

「くふぅっ」

男が嫌な笑い声を上げた。

松子の骸……。

頭になにか刺さっている。

なんだ。
懐刀だ。
松子の顔の真ん中に、男が放った懐刀が突き立っていた。
「がっあぁぁっ」
虎はみずからの口からこぼれ出す獣のような咆哮を耳にしていた。
身体はすでに動いている。
目は男だけを見つめていた。
腕を懐に伸ばす。
最前まで握り飯が入っていた懐。
松子に食べさせるための握り飯だ。
握り飯があった場所の奥……。
背中に近い場所にそれはあった。
一気に引き抜く。
そのまま男の鼻先へと振った。
衝撃。
男の刀が受け止めている。

虎の手に握られた小刀と男の刀が虚空で激突していた。

「そうだ、それで良い」

男の言葉は虎の耳に入っていない。

殺す。

それ以外になにも考えられない。

男が小刀を撥ね除けながら、鋭い動きで刀を返す。

切っ先が虎の喉に向かって伸びてくる。

上体を反らして避けた。

顎の先が切れたことなど、鮮血が上がったからわかっただけで、思考には引っ掛かってすらいない。

目も耳も腕も脚も身体も、すべて男だけに集中している。

仰け反った上体を捻るようにして、男の懐に潜りこむ。

なにかが迫ってきた。

嫌な気配。

男の腹を突こうとしていた小刀を止め、気配から逃げるように後方に飛んだ。

顔の前を刀が通り過ぎた。

「惜しかった」

男が笑っている。

あり得ない動きだ。

振りあげた刀が戻ってくるような時間はないはずだった。潜りこんで腹を刺す方が明らかに速い。

しかし、結果として男の斬撃《ざんげき》の方が速かった。

気配を悟ったから良かったものの、あのままでは確実に殺られていた。

いままで相対したことのない強さが、虎を圧倒している。

「醒めるなよ」

つぶやいた男が踏みこんだ。

黒い玉は降りつづいていた。土埃の中を、男が一直線に向かってくる。

その足が松子の頭を蹴ったのを、虎は見逃さなかった。

どこまでも虎を挑発する男の態度に、心の奥底から怒りがとめどなく溢れてくる。

「いまここで俺を止めないと、四郎もこうなるぞ」

「やめろ……」

小刀を握る手が怒りに震える。

どれだけ強い相手だろうと構わない。
たとえここで死ぬことになろうと、この男だけは絶対に仕留める。
迷いも焦りも振りきり、男に飛びかかった。
笑みを浮かべたまま男が刀を構える。
刃が届くところまで踏みこむ。
小刀は構えていない。無防備に頭を晒して、間合いに入ってゆく。
刀が煌めいた。
最初からそれを待っていたのだ。
脳天を割らんとする刃が、頭に触れるぎりぎりのところまで待つ。
ちりちりとした尖った刺激が、頭の先から爪先《つまさき》まで駆けめぐる。
男の刀が迫っていた。
まだだ……。
まだ早い。
斬られる直前まで待つのだ。
怒りに全身を支配されながらも、虎の頭は澄みきっていた。
強大な敵ほど冷静に見極める。指先の些細な動きまで見逃さぬほどに心を落ち着けていなければ、己よりも強い者に勝てる訳がない。山での獣との戦いが培った野生の感性だった。

もう少しだ。

虎は小刀を地に突き刺した。

刃が額に触れる。

両手を振り上げた。

刀を掌で挟みこみ、渾身の力で受け止める。

笑みを湛《たた》えていた男の表情が一変した。

「む、無刀取りだと」

なにをつぶやいたのか、虎には判然としなかった。

両手で挟んだ刀を捻じり上げる。

腕が曲がる方に向かって男が飛んだ。

刀を放さずに宙を回転した。

このまま着地を許せば、今度は虎の腕が捻《ひね》られる形になる。

考えるより先に身体が動いていた。刀を躊躇なく放してしゃがみこみ、地面に突き立ったままの小刀を手に取る。

男が着地した。
しゃがみこんだ体勢から、立ち上がるに任せて小刀を振り上げる。
「獣がぁぁっ」
避けきれないと悟った男が叫ぶ。
小刀が男の顔へと吸いこまれてゆく。
喰いしばった口元が、わずかに遠退いた。
血飛沫。
男が顔を押さえて数歩後ずさる。
仕留め切れなかった。
すでに虎は男へと迫っている。
「ぬがぁっ」
男が右手だけで握った刀を横薙ぎに振る。
鼻先を掠めた。
止まらない。
あと一撃……。
飛んだ。

なにかが閃いた。
刀だ。
男に激突する。
二人してもんどり打って倒れた。
男の身体に突き立っているはずの小刀がなかった。
虎の視線の先に、小刀を握ったままの腕が転がっている。
肘から先がない。
男の閉じた右目から鮮血が溢れだしている。
喉が目の前にあった。
喰らいつく。
「くそったれがぁ」
男の呻き。
肘に激痛。
男が傷口を握りしめていた。
苦悶の声が口から漏れると同時に、男の喉から牙が離れる。
虎を引きはがしながら男が立ち上がった。刀を握った手に力がない。

「下郎が……」

男の声に息が混じる。

「御主だけはぜったいに生かしてはおかぬ」

言いながら男が後ずさる。

「ま、待て……」

遠ざかってゆく男を追おうと、立ち上がるが、足に力が入らない。数歩たたらを踏んで倒れる。

煙の中に男が消えてゆく。

「待て……。待ちやがれ……」

男に向かって腕を突き出す。

肘から先が消えていた。

十四

虎が斬られた。

みずからの小屋に虎を引き入れ、四郎は寝ずの看病をしていた。

右腕を失い倒れていた虎を見つけた松子の村の男たちが、四郎の元まで届けてきたのは、海からの砲撃が収まった後のことだった。そばには松子の骸があったということである。無残な姿だったそうだ。

やったのが誰なのか調べてはいるそうだが、まだなにもわかっていない。松子の骸に残されていた懐刀が、立派な拵《こしら》えであったことから、外部の何者かであると、皆考えていた。

砲撃はあの日以来、一度も行われていない。

異国の船であったそうだ。口之津で異国の船を幾度も目にしている山田右衛門作《えもさく》が、そう言っていた。

海からの砲撃は止んだが、城外からの銃撃は昼夜を分かたずつづいている。侍たちは大きな櫓を組み、そこから城の中へと鉄砲を撃ちこんでいた。玉を受けた者は少ないが、連日つづく銃声と極度の空腹から、皆の疲労は抜き差しならないところまで来ている。

もう時間は残されていなかった。

「済まぬ」

四郎は、運びこまれてから一度も目を覚まさない虎にささやいた。四郎の世話をするお藤たちは、小屋から出している。久方ぶりに二人だけの日々を過ごしていた。

自分が虎をこんな目に遭わせたという自責の念が四郎を苛む。山で暮らしていれば、虎はいまも平穏な日々を送っていただろう。

あのまま野に放ってやれば良かった。

山へ帰せば良かった。

そうすれば汚れた人の世を見ることもなかっただろうし、好きだった者を死なせることもなかったはずだ。

虎を助けたかった。

いや……。

この城に籠るすべての人を助けたかった。

最大の障害は父だった。

人々を扇動し、戦いに向かわせた父は、これだけ皆が飢えているというのにまだ戦うのを諦めてはいない。宗意たちと謀議を重ね、城から打って出る算段をしていた。

切支丹の教えには〝殉教〟という言葉がある。神のために命を投げ出せば、魂は天国に誘われるという教えだ。

それを利用しようとしている。

城を包囲している侍たちは、教えを理解せぬ愚かな者たちであり、彼らに立ち向かい、みずからの命を投げ出した先に切支丹の平穏はあり、その戦いで死すれば必ず魂は天国へと導かれる。民をそう諭し城の外へと向かわせようとしていた。

諭すのは四郎の役目だ。

父は四郎を裏で操り、己は決して表には出ない。

城に籠ってからというもの、父と会話をする機会は減っていた。なのにここ数日、なにくれとなく機嫌をうかがいに来る。虎を小屋に上げることも、お藤たちを入れぬことも、とやかく言わなかった。

最後の決戦のためなのは目に見えている。

そんな卑怯な父の姿にうんざりしていた。

いつまでも父の操り人形として動く気はない。

己は父の子ではない。

神の御子なのだ。

四郎はすでに一人で立っていた。

御子としてやらねばならないことがある。それは人々を死に追いやることでは、決してない。

小屋の壁を叩く音が聞こえる。目を覚まさぬ虎を寝かせたまま四郎は立ち上がり、音の聞こえた方へと足を向けた。

「御子様」

「右衛門作殿か」

「はい」

壁を叩いたのは、山田右衛門作である。

右衛門作は父や宗意たちとともに、一揆を起こした首謀者の一人だ。扉から堂々と姿を見せても誰も怪しみはしない。それなのにこうして人目を忍んで裏手から現れるのには、それなりの訳があった。

「文が返ってまいりました」

右衛門作の声が壁を伝って響いてくる。

「そうか」

「伊豆守直々の書状にござりまする」

松平信綱……。

それが幕府軍の総大将の名だということは知っていた。知恵伊豆と呼ばれる切れ者である。

「なんとだと」

「切支丹を捨て、城を出た者は不問とし、在地に帰すとのこと」

「そうか」

自然と声が明るくなる。

右衛門作とともに民を救う活動をはじめたのは虎との語らいの最中、銃撃を受けた後のことだった。

城外から狙われ、命を奪われそうになった時、父と戦い皆を救うのだと決心した。すぐに右衛門作と面会した。戦をつづけようとする父たちの中にあって、右衛門作だけが和平の道を模索していたからだ。城に籠ってから父と口論をする右衛門作の姿を、四郎は幾度も目にしている。

民を救うため、四郎は右衛門作と語り合った。互いに想いをさらけ出し、共通の想いを抱くようになるまで、そう長い時間は必要としなかった。

侍たちが城を包囲してすぐ、外から書が投げ入れられるようになった。棄教を勧めるものや脅しなど、内容は様々である。父たちはそれを一切無視しつづけた。たまに返す書は、いかに切支丹が優れた教えであるかという内容のものであったり、自分たちが神のために戦っているという内容のものばかりで、双方にとって有益なやりとりではなかった。

それを右衛門作は利用しようという。民を救うためにどうすれば良いのかを、直接幕府側に聞き、和平の道を探る。それが右衛門作の考えだった。

棄教すれば命は救われ、元の生活に戻れると、幕府の総大将は言ってきている。それは四郎にとって願ってもない申し出だった。

切支丹であることを捨てる……。

それがどれほど辛いことであるか痛いほどわかる。

四郎にとって切支丹の教えはみずからの人生といえた。でうす様を信じ、神に導かれることを願い、みずからの行いを律し、誠実に生きてきたつもりだ。それはこの城に籠る多くの切支丹たちも同様であろう。

教えを捨てるということは、みずからの半身をもぎ取られるということだ。

それでも……。

命だけは救われる。

他人の心を見通せる目を持つ者などどこにもいない。

もし四郎が教えを捨てたとしても心の奥底には必ず、でうす様が宿っている。日常に戻りすべてを忘れたとしても、切支丹の教えが身体から抜け切ることはない。そう確信できた。

　きっと皆も一緒だ。

　ならばもうこれ以上の争いは避けねばならない。

　虎や松子のように傷つき死んでゆく者を、もう一人も出してはならなかった。

　命があれば。

　生きてさえいれば、必ずふたたび笑うことができる。

　切支丹の教えを胸に秘め、耐え忍びながら生きる方が、ここで果てるより何倍も尊いことだと四郎は思った。

　生きる。

　四郎の中に固い意志が宿る。それは奇《く》しくも、虎が山中で孤独に生きていた頃に辿り着いていた境地と同じ想いだった。

　父が最後の命令を出す前に、松平信綱と話をつけなければならない。

「棄教した者を城から出すと伝えてくれ」

「それはどれほどの人数になりましょう」

「わからぬ。が、必ず大半の者を出させてみせる」

　己が導くのだ。

天の御子として、魂からの言葉で皆に訴える。そうすれば納得してくれるはずだと信じていた。

「承知いたしました。すぐに書を認《したた》め、城外へ……」

いきなり壁に何かが打ちつけられた。凄まじい音のすぐ後に、右衛門作の呻《うめ》き声が聞こえてきた。

扉が開く。

「四郎っ」

父が夕陽を背にして立っている。黒く染まった顔に怒りが滲んでいた。大股で歩く父が、虎を踏み越え四郎の襟首をつかむ。強い力で押された頭が壁を打つ。

「なにをしておった」

四郎は答えない。

殺気のこもった目で我が子をにらむ父の背後に、数人の人影が見えた。右衛門作が、真ん中で取り押さえられている。

「甚兵衛殿」

宗意の声だ。

「入れ」

父の言葉と同時に、男たちが小屋へと入ってきた。床を乱暴に踏み鳴らす足が、虎の身体を蹴る。

「やめろっ」

四郎の叫びを聞いた男の一人が、虎の身体を足で隅へと押しやった。

「なにをしておったと聞いておる」

首を捻じり上げながら父が問う。息苦しさを覚えつつ、四郎は父を見つめた。

「なんだその目は」

敵意を漲《みなぎ》らせた口調で父が言った。その声からは、親子の情は微塵《みじん》も感じられない。

「語りたくないと申されるなら、この男から聞きまするが、いかがかな」

拘束されたままの右衛門作の隣で宗意が笑った。その手にはいつの間にか短刀が握られている。艶やかな切っ先が、右衛門作の脇腹に向けられていた。

「やめろっ」

「それは御子様の御気持ち次第にござりまする」

宗意の右手がわずかに動いた。

右衛門作の顔に苦悶が浮かぶ。衣の脇腹の辺りがみるみるうちに紅く染まった。

「さぁ、答えろ四郎。御主はこの男とともになにをしておった」

父の顔が間近に迫る。鼻と鼻が触れあうほどに近づいた父の顔は、見るに堪《た》えないほど醜悪だった。

思わず顔を背ける。

「調べはついておるのだぞ」

生温い息が顔を舐《な》める。吐きそうになるのを必死に堪えた。

「ふざけた真似をしおってからにっ」

叫びざま、父の膝が腹を打った。激しい痛みが四郎を襲う。

絞められていた喉が軽くなる。息を吸うと同時に、全身を激しい衝撃が襲う。床板になぎ倒されたのだと気づいた時には、父の足が顔を踏みつけていた。

「皆に御子と崇《あが》められておるのは、いったい誰のおかげだ」

「離せ」

「それが父に対する言葉か」

「私は天の御子。私の父は神だ」

父の足が頭から離れた。上体を起こした四郎の目に、みずからの額に手をあてながら笑う父の姿が映る。

「御主が天の御子？　笑わせるな」

天を仰ぎながら父が笑う。

震える足に力をこめ、四郎は立ち上がった。ここで退いてはならぬ、皆とともに生きるため絶対に父に負けてはならぬと心に言い聞かせ、一歩踏み出す。その姿を嘲《あざけ》るように、父が見つめる。

「御主は我らの神輿《みこし》なのだ。それがわからぬほど愚かであったとは思わなんだぞ四郎」

「違う……」

「天の御子と持て囃されてその気になったか」

「違うっ」

床板を思いっきり踏みつける。

生まれて初めての反抗。

足が震える。

でも……。

下がれない。

虎のために。

皆のために。

そして。

自分のために。

「私は天の御子だ」

「もう良い。御主はここで死ぬのだ。天草四郎は天に召され神となる。その遺言を聞いた儂は、皆を決戦へと導き、徳川の世に楔《くさび》を打ちこむ」

「そんなことはさせない」

「御主に味方などおらぬ。これまで民を束ねてきたのは誰だ。一揆を扇動し、切支丹たちを率いてきたのは誰だ」

父が両手を高々と上げた。

「すべて儂ではないか。御主はただの飾りだ。うらぶれた壮年の浪人よりも、若々しい美貌の少年に人々は心を惹かれるものよ。そのための飾りでしかない御主に、いったい誰がついてくるというのだ」

たしかにその通りだ。

これまで自分は心の底から民と触れ合ったことがあるのだろうか。正面から向き合ったことがあるのだろうか。

ない……。

いつも崇められるだけの存在だった。常に皆より一段高い場所から見下ろしていた。でもこれからは違う。皆と同じ地平に立って、ともに生きる。たとえ切支丹を捨て去ることになろうとも、弱い心を持ちより生きてゆくのだ。

そのために父とはここで決別しなければならない。

「みずからの無力を知れ四郎。か弱き己の限界を痛感し、儂に頭を下げるというのならば、今回のことは許してやろうではないか」

父が背後の宗意に目くばせをする。

右衛門作の脇腹の短刀が、わずかに深く突き刺さった。悲鳴が右衛門作の口から漏れる。

「いまさら和議を申し出て、奴らが聞き入れると思うか」

父が大袈裟《おおげさ》に頭を左右に振った。

「切支丹を捨て去れば許すと伊豆守は申したのです」

右衛門作を見た。唇から鮮血を溢れさせながら、右衛門作は力強くうなずく。

熱いものが目頭に昇ってくる。それを必死に抑えた。

子供の駄々ではないのだ。

泣いてはならない。

「その書は真に伊豆守のものか」

父が片方の眉を思いっきり吊り上げて問う。

四郎は答えられない。

右衛門作にすべて任せていた。確認をしようにも、判断するだけの材料を四郎は持ち合わせていない。

「確かにござるっ」

右衛門作が叫んだ。

「御主は黙っておれ」

冷酷に言い放った宗意が、短刀を脇腹に突き入れた。すでに中程まで短刀は刺さっている。

「まぁ良い。その書が真に伊豆守のものだったとしよう。で、天の御子としてこれまで皆を導いてきた御主が、いったいなにを申すというのだ」

「切支丹を捨て、ともに城から出ようと……」

「それを素直に聞くと思うか」

「私が申せば」

「笑わせるな」

父がひらひらと掌を振った。

「これまで民に申してきたことを思いだせ」

父に命じられるままに皆に告げてきた言葉が、ぐるぐると頭を回る。

〝神のために立ち上がれ〟

〝必ず救いが訪れる〟

〝神は我々とともにある〟

「それは全部……」

「父に命じられて申したと、素直に語るか。これまで言い聞かせてきた言葉はすべて、己の言葉ではないと皆に打ち明けるか。そんな男の言葉を、いったい誰が信用するというのだ。それほど皆は愚かな存在か。御主であれば、なんでも受け入れると思うておるのか。笑わせるな」

父が四郎の頰を思いっきり張った。

「それほど愚かな者たちであったならば、儂や宗意殿たちは、ここまで苦労はしなかっただろうよ。長い歳月をかけ転切支丹の村を回り、決起をうながし、地道に同志を増やしていった。幕府の目を逃れ、謀議の網を幾重にも張り巡らし、そうしてここまで来たのだ。右を見ろと言うだけで素直に右を見るような者ばかりであったなら、我らはもっと昔に決起しておった」

「皆をたぶらかして、なにが決起だ」

「なに」

「父上たちは切支丹を利用し、自分たちの妄執を実現したかっただけではありませぬか。主君を失った無念を、徳川の世にぶつけるため、純粋に切支丹を信奉する人々を焚きつけ、命を投げ出させている。そんなことに加担するのは、もう沢山なのです」

「言わせておけば……」

ふたたび父が四郎の頬を張る。床板に手を突きながら、四郎は父をにらんだ。

「殉教という言葉で、最後まで戦に固執する父上たちを、私はどうしても止めなければならない」

「非力な御主になにができるっ」

怨嗟のこもった足が、四郎の顔を打った。首のあたりで骨がにぶい音を立てたが、構わず父へと視線を向ける。

「やってみなければわかりませぬ」

強い意志を漲らせ、父をにらむ。

父の頬が痙攣《けいれん》している。刻まれた無数の皺が、これまでの苦労を物語っていた。どれだけこの一揆に父が心血を注いできたか、四郎は痛いほど知っている。それでも民の命のために、越えなければならなかった。

にらみつけたまま立ち上がる。

「もう終わりにしましょう父上」

「四郎ぉ」

父の手が己の腰に伸びた。

刀の柄に手がかかっている。

それでも四郎は止まらなかった。

「御謝りになられませ四郎殿っ。さすれば父上もこれ以上は詰問なされませぬ」

宗意の悲痛な声が四郎を留める。

一歩踏み出し、父の目の前に立った。抜けば斬れるという場所にすでにいる。

「死なねばわからぬらしいな」

「私は死にませぬ」

「言わせておけばいい気になりおって」

父が歯噛みしている。

はじめての息子の抵抗にまず戸惑い、そして怒り、いまは殺意が全身を支配しているようだった。そんな父の姿を見つめながら、四郎は晴れ晴れとした気持ちだった。

四郎はいま、己の意志で一歩踏み出し父と正面から向き合っている。あんなに恐れていたことが、やってみればいとも簡単なことだった。どうしてあれほど悩んでいたのか、自分でも不思議だった。

生きると決めた。

身中に宿る力を四郎はいま、熱いほどに実感している。生命の輝きに彩られた四郎の瞳に、巨大だった父の姿が、貧相なほどにちいさく映った。

「我らにも転切支丹《ころびきりしたん》どもにも、これしか道は残されておらなんだのじゃ」

言い訳のように父がつぶやく。黙ったまま四郎は聞いた。

父の手は刀にかかっている。

不思議と恐怖はなかった。

「儂が民を利用したように、民も儂や御主を利用したのだ。なぜそれがわからん」

「悲しい物の見方をなされまするな父上」

自分はこれまで本当に父と向き合ってきたのか？

民と向き合っていなかったように、父や宗意たちとも正面から相対していなかったように思える。

悪かったのは自分だ。

本心を隠して誰にも見せず、素直な気持ちよりも他者の求める自分であることの方を優先させてきた。その結果、誰とも向き合わない生き方を選んできたのである。

だから……。

正面から向き合った父の言葉は、これまでよりもずっと愚かで物悲しい響きを湛えていた。

「皆を助けるのです父上。いまからでも遅くはない」

「黙れ……」

父が目を逸らすようにうつむいた。肩がちいさく震えている。

「切支丹の教えを捨てても、死なねば明日がありまする。心の光は決して消えない。それを信じませぬか父上」

「黙れ四郎」

「さぁ……」

血走った父の目が四郎を射た。差し伸べられようとしていた腕を乱暴に振り払い、父が背後に目を向ける。

「その男を殺れ宗意っ」

父の叫びと同時に、宗意がうなずいた。

血柱……。

宗意の首から鮮血がほとばしっていた。

「な……」

茫然とつぶやいた父の背後で、右衛門作を羽交い絞めにしていた男たちの首からも血柱が上がった。拘束を解かれた右衛門作が、その場にくずおれる。

「と、虎」

瞬く間に宗意と男たちを斬って捨てた男の名を四郎は呼んだ。

「ば、莫迦な……。御主はじきに死ぬはずだったのではないのか」

四郎に背を向け、父が言った。

虎は残った左腕に母の形見の小刀を握ったまま、父をにらんでいる。

「四郎が生きている。だから俺は死なない」

虎はそう言いながら、ゆっくりと父の方に向かって足を踏み出した。

「ひっ」

父が刀を抜いた。虎に向けられた切っ先が激しく震えている。

「この城の主は四郎だ。お前ではない」

父をにらみつけたまま虎がつぶやく。全身から殺気を滲ませたその姿は、山から下りてきたばかりの頃を彷彿《ほうふつ》とさせた。右腕と松子を失ったことで、培われはじめていた人としての心に、ひびが入っているようだった。

「獣めが……」

父の目が四郎を見た。

「奴を止めろ四郎」

虎の目が四郎へ動く。

どうする四郎……。

野性に満ちた虎の無言の問いに口を閉ざす。

沈黙……。

それは肯定と同義だ。

父を殺すことを四郎は無言のうちに承服していた。

大勢の民を救うため父を殺す。

その罪は虎ではなく己が背負う。

覚悟はとっくの昔にできている。

「四郎っ」

それが父の最期の言葉だった。

恐怖に引きつった父の顔が宙を舞い、一度天井にぶつかって床の上に転がった。

「父上……」

首を抱きしめる。

悲しくはなかった。

苦しみもなかった。

ただ首というものが重く、生温いものだということをしみじみと感じていた。

「無事か四郎」

返り血に塗れた虎が傍《かたわ》らに立つ。

父の首を抱いたまま、四郎は腰を上げた。

「誰かっ」

大声で小屋の外に呼びかけると、お藤を先頭に女たちが入ってきた。酸鼻《さんび》極まる光景に青ざめる女たちに、四郎は毅《き》然《ぜん》と言い放つ。

「右衛門作殿の手当てを」

戸惑うようにたがいの顔を見つめるお藤たち。

「はやくっ」

四郎の叱責に背中を打たれた女たちが、右衛門作を抱えて小屋を出てゆく。お藤ともう一人が小屋に残った。二人に目を向け、四郎は口を開く。

「父たちは私を殺そうとした。それを虎が守ってくれた」

お藤たちは床に転がる骸を茫然と眺めている。

「父は死んだ。これよりは私が直接皆を導く故、その旨《むね》、城の隅々まで伝えていただきたい」

了承の意を述べ、お藤たちが小屋を出る。

虎と二人残された四郎は、おもむろに父の首を見つめた。

「さらばです父上。私は皆とともに生きまする」

苦悶に歪んだ父の瞳から血の涙が一筋こぼれ落ちるのを、揺るがぬ想いを胸に秘めたまま四郎は眺めていた。

十五

彼方に見える城をにらみつけたまま、信綱は一人思索の海に没していた。原城を包囲しはじめてから、ひと月半あまり。一揆勢が籠ってからふた月半ほど経っている。最近、城から抜け出し、各所に配置されている幕府軍に逃げこむ者が増えた。その者らの話によると、すでに城内の糧食は尽きているとのことである。

城に籠る者は三万八千。それだけの人数が飯を喰えば大量に備蓄していたとしても、たちまち尽きる。糧道もなく後詰のあてもない籠城は、自死に等しい。そんな愚策を選んだ切支丹どもが、信綱には滑稽でならない。

切支丹の教えではみずから命を断つことは禁じられている。

関ヶ原のみぎり、東軍に属する細川忠興《ただおき》の妻であったガラシャは西軍の人質になることを潔《いさぎよ》しとせず、家臣に命じて屋敷に火を放たせた。敵の手に落ちるくらいなら死を選ぶという覚悟であったが、彼女は切支丹であった。それ故自害できず、家臣に胸を突かせて果てたという。

みずから命を断てば、その魂は地獄を彷徨《さまよ》うことになる。そう信じているはずの切支丹が、何故原城に籠ったのか。

元々一揆を起こさなければならぬほど、島原と天草の領民たちは苛烈な取り立てに苦しんでいたのだ。糧道を確保できる術《すべ》が、あったとは到底思えない。では後詰はどうか。

切支丹である。伴天連《バテレン》の者らとの交流もあろう。しかし敵はただの民である。異国の者が肩入れする訳がない。現に阿蘭陀《オランダ》は、信綱の要請を受け、海上から原城に向かって砲撃したではないか。めぼしい成果が上がらなかったことと、準備不足から阿蘭陀船の船員が死亡してしまったことなどから、砲撃は四度でやめた。

とにかく異国の線はない。

ならば同じ領民ならばどうであろうか。

今回の決起を知り、我も我もと各地で一揆が起こることはなかった。人々は息を潜めて原城の成り行きを見守るだけで、誰も助けようとはしない。

当たり前である。ろくな武器も持たぬ者たちが太平の御代とはいえ、戦働きを生業《なりわい》としてきた侍に刃向かえる訳がないではないか。事が起これば、瞬時にこれだけの大軍勢を動員できる幕府という権力に、天下万民は恐れを成している。原城に籠る者たちに救いの手を差し伸べようとする者などいるはずもない。

原城に籠る切支丹どもの選んだ道は、やはり自死なのである。

「矛盾だらけだ……」

原城の一番高い丘にひるがえる白い旗を見つめながら、信綱はつぶやいた。

一揆もまた、切支丹にとって矛盾に満ちた行いである。切支丹だけではない。古今、すべての神仏の教えと呼べる物は殺生を禁じている。他者を傷つけ、命を奪うことを是とする教えなど、信綱は聞いたことがなかった。

一揆なのだ。

どれだけ気高い信仰を抱いていようと、どれだけ崇高な理想を実現させようとしていたとしても、一揆を起こしたという事実は動かない。城を攻め、行く手を阻《はば》む者を殺《あや》めた罪は重い。

なにが信仰かと信綱は思う。

戦国の一向宗といい、今回の切支丹といい、どれだけ神や仏を崇めたてまつろうとも、けっきょく人は喰わなければ生きてはいけない。生きるために結束し他者から奪う。そのどこに気高い心があるというのか。崇高な理想があるというのか。ただの獣ではないか。

信綱は己が獣だということを理解している。武士という存在が非情な生き物だということも、十二分にわかっているつもりだ。

生きるために奪う。それこそが獣としての真理ではないか。奪ってはならぬ、殺してはならぬと言うのであれば、なにも喰わずに死ねば良い。しかし切支丹の教えはそれすらも許さないのである。

奪ってはならぬ、死んではならぬ。

ではどうやって生きるのか。

「伊豆守様……」

背後で声がした。その主が誰であるか、振り返らずともわかっている。

「動けるようになられたか」

わずかに顔を傾け、信綱は肩越しに背後を見た。恥辱と怒りに肩を震わせる十兵衛が、片膝立ちで顔を伏せていた。

「御生還なされ、なによりでござった」

十兵衛はうつむいたまま動かない。右目を覆うように黒い布が巻かれ、喉にも同様の布が巻かれている。

原城に忍びこんだ十兵衛が信綱の陣屋に戻ってきた時は、息も絶え絶えの状態であった。すぐに従軍している医者に見せ、後陣へと下がらせた。

ただ一匹の獣を殺すため、十兵衛は原城に入った。が、しくじったのは明白である。深手《ふかで》を負いつつ帰陣した十兵衛に、仔細を聞くつもりはなかった。獣を一匹討ち損じようと、戦になんの支障もない。

元々、十兵衛の申し出だったのである。信綱が命じた訳でもないから、それほど関心もなかった。

「なにか」

「言い訳のしようもござらぬ」

腹の底に重く沈んだ想いを、十兵衛は吐き出そうとした。しかし、それ以上言葉にならない。

「御気になされることはあるまい。儂が頼んだ訳でもなければ、大名の方々が聞き及んでおる訳でもない。第一、其処許がこの地におること自体、儂以外は知らぬこと」

片膝立ちのまま、十兵衛は己の右目に手をやった。忌々《いまいま》しげに黒い布を押さえる手に、太い筋が幾つも走る。

「其処許の申された獣が襲うてきたという話もござらぬ」

二月二十一日の深夜、夜襲があった。佐賀《さが》の鍋島勝茂《かつしげ》の陣所にあった大井楼《せいろう》が焼かれ、黒田家の家老が討ち死にするなどの被害があったが、一揆軍の二百九十人あまりを討ち取った。こちらも黒田、鍋島、寺沢の諸家の被害を合わせ、九十人あまりの死者を出したが、全体からみれば微々たる損害である。腹を空かせた一揆軍が、追いつめられた末に起こした蛮行であるのは明らかだった。信綱は原城の中枢が交戦を望んでいないことを知っている。

「城からしきりに命乞いの書が投げられておる」

「命乞いでございますか」

城中から、助命の書が届くようになったのは、一月末頃からである。

それまでも城内と幕軍との間には、しきりに矢文が交わされていた。幕軍は領民たちに降伏を勧め、城に籠る者たちは切支丹の教えを説くような書状でそれに応えていた。なんら実のあるやり取りではなく、信綱も最初の頃は、大名たちからの報告を半ば黙殺していた。

それがある頃から変わった。

棄教すれば命を助けるという趣旨の矢文を射ていた幕軍に対し、食いつくような書が返って来はじめたのである。

その書の主は、山田右衛門作という名の男であった。右衛門作は、棄教さえすれば本当に領民たちの命を救ってくれるのかと、しつこいほどに問うてきたのである。その報告を聞いた時、信綱にひとつの妙案が閃いた。

救う。

そう断言させて返すことにした。

右衛門作からの書状はすべて信綱の陣所に持って来るように厳命した。

右衛門作は誰かに命じられている。

そんな予感があった。

右衛門作の文書は、みずからの存念で書かれたかのような体裁を整えてはいたが、その端々《はしばし》に他者の意図の気配がある。それが何者かということに、信綱は興味を抱いた。右衛門作よりも上位にある者に間違いないという確信もあった。

城に籠る者たちを助けたい。そう右衛門作は文の中で訴える。切支丹の教えを捨て去ることで救えるのならば、諭す用意もあると、それは悲痛なまでの哀願だった。

子供じみていると信綱は思った。

どれだけ追いつめられていたとしても、先に火の手を上げたのは一揆軍の方である。寺や蔵を打ち壊し、侍の詰める城を攻め、言いなりにならぬ者たちを殺した民の行いは、動かしようがない事実なのだ。いまさら命乞いをしたところで、切支丹の教えを捨て去ったところで、死んだ者たちは帰ってこない。一度振り上げた拳は、元には戻らないのだ。

右衛門作の書は、あまりにも青臭い内容だった。その身勝手な言い分が、右衛門作の背後にある者の正体を浮かび上がらせてゆく。

天草四郎だ。

山田右衛門作を操り、棄教と引き換えに民を救わんとしているのは、首魁《しゅかい》である天草四郎ではないのか。

首魁ならば堂々と交渉すれば良い。

なのに四郎は右衛門作を使い、民を助けようとしている。そ書状という形で接触してきた。

城の中で内紛があり四郎は密かに右衛門作と結託し、民を助けようとしている。そんな絵図が信綱の脳裏に描かれてゆく。

四郎は若い。

三万八千人もの民を率いるだけの器量が備わっているとは到底思えない。取り巻きが四郎を使い、民を従わせていると考えた方が納得がゆく。主戦派の取り巻きと穏健派の四郎。その両者の間で暗闘がある。そう推測した信綱は右衛門作の文を通じて、城の内情を知ろうとした。

日を追うごとに切迫してゆく右衛門作の書面。具体的に何時頃までに城から出してくれるのかと、執拗に問うてくるようになった。信綱はみずからに書が届いているということを秘しつつ、徐々に上位の者へと話が向かってゆくような体裁を整え、時間を稼《かせ》いだ。

切支丹の教えを捨てれば命を助けるという約束を信綱自身がしたのは、二月になってからのことである。

その後、文が途切れた。

城内で変事が起きたのだと信綱はとっさに思った。四郎が死んだということも考えられたが、城はそれ以降静寂を保っている。

そのうち夜討ちが起こった。

四郎が考えた行いとは到底思えなかった。すでに四郎たちは民を支配するだけの力を失いつつある。

「頃合いであろう」

信綱のつぶやきに、十兵衛が顔を上げた。城に背を向け、それを見る。

「城内の兵糧は尽きておる」

「それは某もこの目で確認しており申す」

虎という獣を殺し損ね、四郎には会えずじまい。なんの用も成しえなかった十兵衛は、少しでも有益な物を信綱に提示せんと焦っているようだった。

「城のいたる所に腹を空かした者が倒れており、すでに鉄砲を握る力すら失っておる者ばかりにござる」

「大櫓を設《しつら》えておる大名方から、聞き及んでおる話じゃな」

口惜しそうに十兵衛が息を吞む。

「で、其処許はなにをしに参られたのかな」

もう用はない、さっさと島原を去れ。

そう告げたつもりだった。が、十兵衛は下がらない。業火《ごうか》に燃える瞳を信綱に向けている。手負いの野獣の総身から、妖しい剣気が立ち上っていた。

「御傍に侍ることを御許し願いたい」

「何故」

冷淡な問いにも十兵衛は怯まない。

「伊豆守様の命を御守りしとうござります」

思わず信綱は鼻で笑ってしまった。

なんという莫迦げたことを、この男は言うのだろうか。

敵は弱り切っている。十兵衛自身がその目で見てきたことだと、先刻語ったばかりではないか。すでに銃すら持てぬ有り様の者たちが、どうやって陣深くにある信綱の命を狙えるというのか。

「あの城からでは、ここまで矢玉も届かぬ」

「そのようなことは重々承知しておりまする」

「もう良い十兵衛殿。其処許は下がって御身体を休ませるが良い」

ついでにその寝ぼけた頭も休ませるが良いと心につぶやいた。が、十兵衛は動こうとせず、じっと信綱を見つめている。

「なんじゃ」

「伊豆守様は原城をいかがなされるおつもりでありましょうや」

決まっている。

一揆が勃発した時より、心は一度として変わっていない。

「皆殺しじゃ」

右衛門作との間で交わされた助命の交渉は、時を稼ぐための策でしかない。のらりくらりと書状を行き交わせることで時を稼ぐ。その間にも原城の糧食は刻一刻と減ってゆく。一日でも多く時を過ごさせれば、それだけ一揆軍は弱まる。

すでに一揆軍は限界が近い。このままではひと月もせずに、皆飢え死にしてしまうだろう。

それすらも許さぬ。

幕軍の手で皆殺しにするのだ。公儀の手で血祭りに上げてこそ、信綱の描く巨大な竜は点睛を満たすのである。

盤石なる体制。

それこそが信綱の思い描く理想の世である。あまねくすべての民が将軍に頭を垂れる世の中だ。幕府は揺るがぬという思想が、日ノ本に暮らすすべての者の脳髄に根ざしてこそ、信綱の望む世が完成するのである。

三万八千人皆殺し。

このおぞましい現実を目の当たりにした民は、幕府という権威に恐れを成す。足掻くことがどれほど愚かなことかを思い知る。

そのための最後の一手なのだ。

原城に籠る者に情けをかけるつもりなど、端からなかった。

それが戦だ。

権謀術数いかような手を使ってでも、生き残る。それが戦の常道なのだ。右衛門作などを使い、敵に助命嘆願するような主など、信綱にとって敵ではなかった。

「あの城に籠っておる者は一人として生かして出さぬ」

目の前の十兵衛にではなく、みずからに言い聞かせるように信綱は言った。

「故に……」

仄暗い十兵衛の声が信綱を刺す。

「なんとしても御傍に置いていただきたい」

なかば脅迫じみた声色で、十兵衛が言った。

「何故そこまでして儂の元に留まろうとする」

「皆殺しになされると申された故」

「それがどうした」

城にある者はすべて殺す。その時には虫一匹すら這い出る隙間もないほどに、諸大名の兵たちが城に殺到する。

本陣深くの信綱になにが迫るというのだ。

「窮鼠《きゅうそ》猫を嚙み申す」

「くだらん」

信綱は吐き捨てた。足を折り、十兵衛の鼻先まで顔を寄せる。

「腹を空かせた鼠の一匹や二匹。恐るるに足らぬわ」

「御頼み申しまする」

「何故そこまで頑固になる」

「我執《がしゅう》にござる」

「我執だと」

問い返した信綱に、十兵衛は重いうなずきで応えた。腹の奥に深く息を溜めこんだ十兵衛は、それを吐き出してから、言葉を紡ぎはじめる。

「この戦……。奴らが勝ちを得るには最早、ひとつしか道はござらん」

十兵衛がなにを言いたいのか、信綱は即座に理解した。

総大将である信綱を討つ。

それ以外に一揆軍に勝ち目はない。が、それがどれだけ途方もない絵空事かは、誰でもわかる。

「奴は必ず来申す」

「獣か」

十兵衛は深く顔を上下させた。

「もう一度、あの者と太刀を交えねば、某は死にきれませぬ」

確信を持って放たれた十兵衛の言葉が、信綱の背筋を凍りつかせる。

ここまで来る者がいるというのか。

莫迦げている。

頭に浮かぶ曖昧模糊とした不安を、理屈で掻き消そうとするが、十兵衛の左目に宿る妖しい炎が、それを阻む。

「好きにいたせ」

立ち上がりながら、信綱は十兵衛から目を背けた。

「有難き御言葉、痛み入りまする」

礼を述べる十兵衛をよそに、信綱は軍議がはじまらんとしている幔幕《まんまく》の内へと足を向けた。

総攻撃の日時は二月二十六日と決めていた。

終章

四郎は本丸の石垣に立っていた。城を囲む柵の向こうに見える軍勢が忙しなく動き回っている。夕刻の陣所に、飯を炊く煙が無数に立ち上っている。

四郎は忘我の境地にいた。

明日、すべてが終わる。

最後の望みを託していた右衛門作と伊豆守との折衝が決裂し、総攻撃が二月二十六日に決まった。城の人々を生きて逃がそうとしていた四郎にとって、この報せはあまりにも非情だった。

総攻撃の日取りであった二十六日に雨が降り、攻撃は延期されたが、それも束の間。二十八日、つまりは明日、決行されることが決まったと、幕軍は矢文で知らせてきた。

その書状を読みあげた右衛門作は、四郎の前で膝から崩れ落ちた。心血を注いで行ってきた和平工作が、敵からの一方的な通告で水泡に帰したのだ。右衛門作はいきなり奇声を上げ、そのまま四郎の住まう小屋から飛びだし本丸の石垣から飛び降りようとした。右衛門作は完全に正気を失っていた。皆殺しという伊豆守の発した言葉に恐怖し、錯乱し、自我を崩壊させたのである。

仕方なく四郎は右衛門作を牢に入れた。

三万八千人の民から切支丹を捨てさせ、城から出すために四郎は父や宗意を殺した。殉教という言葉で皆を扇動し、幕軍と正面から戦い散ろうとする父たちを止めるにはそれしかなかったと、いまでも思っている。父や宗意の遺志を継いだ者たちが、四郎の制止も聞かず夜陰に乗じ城を飛びだし幕軍を襲った。だが大した効果は得られず、多くの犠牲を出した。

死んではなにも残らぬ。

生きるための戦いこそ、本当の戦いなのだ。

四郎たちは多くの侍を殺した。時には切支丹に改宗しようとしない僧や民まで殺めたのである。いまさら神のためと宣言し命を投げ出したところで、辿り着く場所は天国ではない。

地獄だ。

己も皆も地獄に行く。

だから……。

納得して地獄に赴こうではないか。殉教という崇高な理念の下に死に、その末に地獄に行くなど悲し過ぎる。生きて、生きて、生き抜いて、この愚かな蜂起がなんだったのか。どうして我らは人を傷つけ殺めてしまったのか。考え抜き、必死になって答えを見つける。そうして一人一人が泥に塗れて生きた末に、大手を振って地獄に行こうではないか。

父と宗意が死んだ後、四郎は皆に説いた。

切支丹を捨て生きるのだ。

たしかにすべての者が聞き入れてくれる内容ではない。実際に、四郎を見限り自分たちだけで集落を作り、切支丹でありつづけようとしている者たちもいる。それでも四郎の悲痛な訴えに耳を傾けてくれる者は、少なくはなかった。

皆で城を出よう。

そして無様でも良いから生きよう。

そう約束していた。

なのに……。

明日の攻撃に備え、侍たちが大勢で集い飯を喰らっている。酒も出たのか、陽気に笑い合う声が、城の石垣まで聞こえてきていた。

目頭が熱くなる。

大粒の涙が後から後からこぼれ落ち、四郎の頬を濡らす。

すべて己のせいだ。

腹を減らし、禁教を強いられていた人々を、飢渇《きかつ》の極みに落とし、死に導こうとしている。

もし立ち上がらなければどうだったのか。

皆、苦しくとも生きていたはずである。苛烈な年貢にあえぎ、禁教の中で密かに教えを守っていきながら、それでも必死に生きていただろう。そんなささやかな平穏さえ、四郎は奪ってしまった。

父や宗意たちが企図した決起かも知れない。が、それを止めることができず、みずから先頭に立ち、皆を導こうとしていたのは事実なのである。

四郎の罪は重い。

「済まぬ……」

膝を地に突き一人泣いた。

周りには誰もいない。すでに明日の襲撃は城内の端々にまで知れ渡っている。いまさら四郎を仰ごうとする者は皆無だった。

棄教とともに城を出るという策が無に帰した時、四郎は民からの信頼すら失った。それでもやはり一揆軍の頭目であるという事実は変わらない。いまでも本丸の奥の小屋は四郎のものであるし、誰もが四郎を見れば礼くらいはする。が、奇跡を失った四郎と、昔のように接する者はもういない。

天の御子と呼ばれた男は、ただの男に戻った。

本当の四郎はまだ十六歳の少年なのだ。三万を越える人々の想いを背負うにはまだ若すぎる。己は天の御子だと自分に言い聞かせることで、これまでどうにか平静を保っていた。

それももう終わりだ。

存分に泣いて良いのである。

誰も咎めはしない。

誰も驚きはしない。

四郎に奇跡は起こせない。

四郎に神は宿らない。

それで良いのだ。

涙が止めどなく溢れだす。

「泣くな」

厳しい声が背中を叩く。力強い足音がぐんぐんと近づいて隣で止まった。

「泣くな四郎」

「虎……」

充血した目で虎を見た。腰に差した小刀を左手で摑み、視線をまっすぐ敵陣に向け、虎が口を開く。右手は肘より先がなかった。白い布で傷口を覆っている。

「まだ終わってない」

言い切った虎の目が四郎を見た。

「教えてくれ四郎」

「なにをだ」

茫然と問う四郎から、虎は目をそらした。そしてふたたび敵陣へと目をやった。

「この敵の頭《あたま》だ」

最初、四郎は虎の言っていることの意味がいまひとつ理解できなかった。

「敵」

「こいつらだ」

そう言って虎は左腕を高々と上げて、眼前に広がる敵陣を端々まで見渡した。

「こいつらのなかで一番偉い奴は何処《いずこ》にいる」

松平伊豆守……。

四郎の目が本丸の遥か右方、三の丸出丸の遠くに見える伊豆守の陣所へと向かった。とうぜん伊豆守の陣所の前には諸国の大名たちが連なっている。乱立する軍旗に阻まれ、四郎の目は伊豆守の陣所を見つけることすらできなかった。それでも虎は、四郎が見た方角へと己の目を向け笑った。

「あっちか」

「なにをする気だ」

「頭を潰す」

正気か。

四郎は即座に思ったが、言葉が声にならなかった。

虎は嘘や冗談を言える男ではない。元々、山奥で一人暮らしていたのだ。虚勢や見栄などとは無縁である。

自分への励ましか。

それも違う。

「もう泣くな四郎」

虎の手が四郎の腕を掴む。そのまま立ち上がるようにうながす。

「ここにいる皆を救うんだろ、四郎っ」

天に向かって虎が吠えた。あまりの大音声《だいおんじょう》に、四郎は大きく肩を震わせた。遠くで腹を空かせて転がっている男たちも、驚いて半身を上げた。

「お前は俺に皆を与えてくれた。だから今度は俺が、お前に皆を与える番だ」

山で一人生きてきた虎を四郎は里の暮らしへと誘った。そのために虎は多くの人々と出会い、様々な出来事に遭遇した。果たしてそれは虎にとって本当に幸福だったのだろうか。

「俺は楽しかったぞ」

四郎の思いを見透かしたように、虎が叫ぶ。

「お前のおかげだ四郎っ」

ろくな物を食べていないはずなのに、空腹を感じさせないくらいに、虎は大きな声で叫びつづける。

「前を向け四郎っ」

「虎……」

「お前の目指す先に、俺が光を与えてやる」

虎の言葉があまりにも眩し過ぎて、四郎はなにも言えなくなってしまった。

＊

もうすぐ夜が明ける。

闇に揺れる篝火《かがりび》が先刻から慌ただしく動いていた。

もうすぐ敵は動く。

三の丸出丸の端、有家《ありえ》村の人々が守る辺りに虎はいた。

ここから出る。

城を出たらまっすぐに突き進むだけ。

もう帰らないと決めていた。

今日の獲物は松平伊豆守信綱という名だという。

四郎が教えてくれた。

「本当について来るのか」

虎は背後へと声をかけた。

三十人ばかりの男たちが、虎の言葉に一斉にうなずいた。

頬がこけ、目が落ち窪んだ骨の化け物みたいな男たちが、熱い視線を虎に投げてくる。

松子の村の男たちだ。

虎の奮戦を間近で見てきた男たちは、伊豆守を討とうとする虎の動きを察し、同道を申し出てきたのである。

城にいてもどうせ死ぬ。ならば、大将首を討とうとする虎とともに行きたい。堅い決意の男たちを、虎は止めることができなかった。

喊声……。

目の前の敵が大きく揺らいだ。

「来るぞ」

虎の胸の奥で鼓動が徐々に早くなる。

「行く」

言うと同時に駆けだした。

生きろ四郎……。

願いつつ虎は敵の築いた柵に向かって走りだしていた。

＊

各陣所からの銃声が、一斉に鳴り響いた。

開戦を告げる合図だ。

己が陣所の奥深くで信綱は、すべてが終わるのを待つつもりである。

「はじまりましたな」

床几の傍らに立つ十兵衛が言った。

判り切ったことを……。

そう心につぶやいてから、信綱はわずかにうなずいた。

これですべてが終わる。

開府以来つづいて来た支配者と服属者との闘争が、この戦の終結とともに終焉を迎える。三万八千人の民の死とともに、徳川の治世は揺るぎないものとなり、多くの血を礎《いしずえ》として太平の世が訪れるのだ。

「容赦はするなよ」

原城に攻め寄せんとする兵たちを見つめ、信綱は誰にともなくつぶやいていた。

＊

激突。

右手がないから、体勢を整えるのが容易ではない。

慣れぬ身体の動きに戸惑いながら虎は左手に握った小刀を振るい、敵の群れを掻き分けてゆく。まさか一揆勢が打って出るとは思っていなかったようで、敵は虎の強烈な斬撃の前におもしろいように倒れていった。

細川という名の敵の群れだということを、傍らを進む仲間に教えられた。

誰が相手だろうと構わない。目指すべき場所は決まっている。狙う首はただ一つなのだ。それ以外に一切興味がなかった。

空腹である。

片腕でもある。

万全とは言えぬ体調であるのは事実。

が……。

心は澄み渡っていた。

生きるために殺さなければならない敵がいる。

敵も生きるために虎を殺さんと向かってくる。

勝てば生き、敗れれば死ぬ。

山だ。

虎は、獣だった頃の自分を思い出す。

たった一人、生きるために戦っていたあの頃、すべてが単純だった。喰うために殺す。それだけだった。

いまは違う。

四郎がいる。

ともに戦う仲間がいる。

一人じゃない。

皆のために……。

ともに生きるための戦いなのだ。

絶対に負けられない。

その思いが虎の力になる。

「伊豆守ぃぃぃっ」

絶叫とともに小刀を振り回す。

目の前の敵の首が、虎の刃を受け、回転しながら千切れ飛ぶ。そのあまりに無残な光景に、周囲の敵が恐れを成す。

そこに仲間たちが突っこむ。槍や太刀や鉄砲など、思い思いの得物《えもの》を手に、虎が切り開いた道を突き進んでゆく。

虎は総身を巡る血潮《ちしお》が沸き立つのを感じていた。

虎という名の獣の咆哮が天に轟き、敵は己が人であることを後悔しはじめていた。

＊

なにかが近づいてくる。

城へと殺到する大軍の中を、小さな砂粒のような物が逆行していた。

異様な咆哮に急かされるように、信綱は幔幕をめくり戦場を見渡せる丘の突端に立った。

「来ましたな」

隣に侍る十兵衛がつぶやく。朝日を受け、左目が爛々《らんらん》と輝いている。その視線は、小さな塊《かたまり》に注がれたまま動かない。

味方は着実に城を攻めている。敵は十分に抵抗するだけの力が残ってはいないようだった。周囲に張り巡らしていた柵は幕軍みずからなぎ倒し、いまは石垣のいたる所で攻防がつづいている。

そのどれもが優勢だった。

城に入るのも時間の問題である。

勝利が目前にあった。

なのに……。

信綱は肥後細川家の手勢の只中にある異物だけを見ていた。

先刻の獣の咆哮は、あそこから聞こえたのだろうか。

あり得ない。

人の声が届くような距離ではなかった。

「十兵衛よ……」

忘我のうちに信綱は手負いの剣士の名を呼んだ。口走ってから呼び捨てであることに気づいたが、信綱は構わずつづけた。

「あれはなんだ」

そもそも信綱は戦働きの経験がない。物心ついた時にはすでに戦乱は過去の事であった。関ヶ原の戦の折、薩摩《さつま》国の島津《しまづ》義弘《よしひろ》が小勢でありながら、十数倍もの敵を二つに割ったという話を聞いたことがある。が、それとてどこまでが真実か疑わしいと思っていた。物事は必ず数で勝る方が優勢である。二倍三倍程度ならばまだ覆すこともできようが、十倍もの差がつけば、もはやどうしようもない。

見ればあの塊は数十人程度。

敵と呼ぶのも哀れなほどの一団である。

だが……。

奴らは着実に近づいてきている。

「あれが獣にござる」

十兵衛は答えた。彼も戦とは無縁の世に生きてきた男である。しかし生まれてすぐに父から木剣を与えられ、生涯を戦いに注いできた十兵衛には、信綱には理解できぬ境地が見えている。

「あれが其処許の申した」

信綱の声に、十兵衛はうなずいた。

「奴は伊豆守様だけを狙っており申す」

十兵衛の言葉を耳にする信綱の目の前で、細川忠利の軍勢が、細い錐《きり》で貫かれたかのように、割れていた。

＊

本丸の大門が破られたという報が届いた。

直《じき》にここにも敵が来る。

城に入ってからずっと身の回りの世話をしてくれていたお藤とともに、四郎は本丸奥の小屋に座っていた。

お藤が詠ずる讃美歌が、ずっと響いている。その物悲しい音色が、四郎を責めつづけていた。

お前のせいで皆が死ぬ。

でうす様を讃え、この世の幸福を願う詞に、お藤の怨嗟の念が滲む。

「くっ」

呻き声が小屋に響き、讃美歌が止んだ。お藤が顔を伏せ、両手で覆っている。

泣いていた。

外では男たちが激しく争う声が飛び交っている。煙が壁から染み入り、四郎は咳きこみそうになった。

「あんたのせいだっ」

突然、お藤が立ち上がって叫んだ。骨と皮だけになった細い腕がゆらゆらと上がり、四郎の顔を指さしている。脂の抜けた瞼の中にある瞳は、元々つぶらだったものが見開かれ、どぎつく四郎をにらんでいた。幽鬼のごとき形相《ぎょうそう》のお藤が、口の端をひくひくと痙攣させながら、一歩ずつ近づいてくる。

「あんたが神の御子だって言うから、皆ついて来たんだ。あんたと一緒にいれば、この苦しい世から救われると信じていたんだ。なのに……」

乾ききったお藤の瞳からは、涙がこぼれることはない。それでもその悲痛な表情に、四郎はお藤の涙を見た。

「どうしてこんなことになったんだよっ」

甲高い叫びが四郎の耳を貫く。

四郎は立ち上がっていた。

ふらふらとおぼつかない足取りのお藤を抱き止める。

「済まぬ」

うわ言のように何事かをつぶやきつづけるお藤の頭を抱き寄せ、四郎は謝りつづけた。決して許されないことなど、わかっていた。

だが……。

後悔していてもはじまらない。生きるのだ。なにがあっても。前を向けと言った虎のためにも、四郎は生きなければならなかった。どれだけ民に見捨てられていようとも、四郎にはやることがある。一人でも多くの民とともに城から逃げだす。皆殺しが宿命などと諦めてはいられない。

虎が戦っている。

己も戦うのだ。

「逃げようお藤殿」

赤く腫《は》れ上がったお藤の目が四郎を見た。

「この城を出て生きるのだ」

「でも……」

「道は虎が作ってくれる」

四郎は神とともに虎を信じた。

＊

左腕の骨が折れた。

細川という名の敵の陣を突っ切った時のことだ。

最後の方に、どうやら敵の頭らしき男がいて、その周囲の者たちを蹴散らさんとしていた時、誰かが繰り出した槍が、虎の腕を虚空で搦《から》め捕《と》り、そのまま捻って肘を折った。落とした小刀をすぐさま口に銜《くわ》え、虎はそのまま細川の群れを駆け抜けた。

すでに仲間は二人。最初から虎の近くにいた槍の男。この男は常日頃から松子の世話をなにくれとなく焼いていた。

それと太刀を持つ男。この男は松子の村で一番の力持ちだと言い、虎とは何度も相撲《すもう》を取った仲だ。しかし虎は一度も相撲でこの男に負けはしなかった。

あとの者は皆、死んだ。どこで誰が死んだのかすら覚えていない。気づいた時には

すでに二人しか残っていなかった。

口に小刀を銜えて走る。

二人の仲間は、虎の背を追い駆け必死について来る。

細川の群れを抜けても、伊豆守の所まではまだずいぶん距離があった。

伊豆守の旗の柄は、四郎から聞いて覚えている。

丸の中に三つの葉っぱのように扇が開いている。

それが伊豆守の標《しるし》だ。

目の前に見えている。

あそこまで……。

あそこまで行けば四郎は死なずに済む。

己が胴を振り、小刀を銜えた頭を大きな拳のように動かし、虎は敵を斬りつける。

自分でも驚くほど身体は軽かった。

＊

轟音とともに板戸が開いた。

「天草四郎時貞《ときさだ》かっ」

眩い光を背にして立つ甲冑姿の侍が問うた。

「答えいっ。御主は天草四郎時貞であるかっ」

男の手に握られた刀が、後背の陽光を受け光り輝く。刃がぼろぼろに欠けている。ここに辿り着くまでに、男はどれだけの者をその手で殺めてきたのだろうか。

腹中深くに息を吸い、ゆっくりと吐き出す。

「いかにも私は天草四郎時貞である」

「某は細川家臣、陣佐左衛門《じんのすけざえもん》と申す」

陣と男が名乗った時には、すでに背後から二人ほどが小屋に入ってきていた。

「見つけたぞ……」

陣がつぶやく。

四郎の肩口に顔を伏せていたお藤が、とつぜん振り返って陣の方を見た。

「助けてっ」

叫び声と同時にお藤が走りだし、陣に抱きついた。助けを求めるというよりも、陣の動きを抑えるような強烈な抱擁である。

逃げて……。
お藤の心の声が聞こえたような気がした。
「お藤殿っ」
手を差し伸べようとした。
が……。
屹然としたお藤の視線が、拒むように四郎を貫いた。
「早く私たちを助けてっ」
お藤は侍に向かって叫んだ。
しかし、四郎にはわかっていた。
お藤は己に向けて言ったのだ。
逃げて、城の中の民を早く助けてあげて……。
悲痛な叫びが四郎の胸を打つ。
「済まぬっ」
お藤に告げ、四郎は走りだす。
陣の突き出した刀を避け、走った。
扉の向こうに光が見える。

虎の元へ行くんだ。
皆で生きよう。
もう恐れない。
私は四郎……。
益田四郎という名のただの男だ。
「私はまだ死ねぬっ」
無心で走る。
男たちが立ちはだかった。
「退けぇえっ」
こんなにも乱暴な言葉を吐いたのは初めてだった。
虎が己に混じりこんでいる。そんな気持ちになった。でも悪い気はしない。
迷いは完全に消えていた。
生きるために進む。
どんなに醜くても、どんなに穢《きたな》かろうとも、構わない。
皆とともに生きるのだ。
教えも立場も関係ない。

遮二無二進みつづければ、必ず答えは見つかるはずだ。
「道を開けろぉ」
行く手をさえぎる男たちが槍を突き出すのがはっきりと見えた。
己の中で交差する感触。
身体が前に進まない。
必死に足を動かす。
扉が近づいてこない。
「まだ死ねぬ……。死ねぬのだ」
痛みはなかった。
目から何かが溢れている。
血なのか涙なのか、四郎にはわからなかった。
「とらぁ」
眼前に見える光に向かって手を伸ばす。
すべてが純白に包まれる。
四郎は光に溶けた。
迷いも悔恨も痛みも悲しみもすべて、白色の世界に消えてゆく。

天国を知覚した時、四郎はもう何者でもなくなっていた。

＊

背後で城が燃えている。
もう時間は残されていない。
四郎は生きているのだろうか。
とにかく……。
伊豆守を殺す。
虎は走りつづける。
丸に三つ葉の旗はもう目の前だった。

＊

「ここも危のうござりますっ、御退きになられた方が御身の為と存じまする」

哀願するような家臣の言葉を、信綱は聞き流した。獣の咆哮以来、ずっと立ちつづけている。視界には常に、小さな塊があった。

あれは一体なんなのだ。

理解できない。

初めは数十人であったものも、すでに一人。

が……。

その一人が尋常ではない。

右腕がない。

左手も使いものにならない。

なのに、小刀を口に銜《くわ》えながら戦いつづけている。しかもその戦いぶりが異様なまでに凄まじい。

目にも止まらぬほどの足さばき。地面につかんばかりに振り回される胴。そして的確に繰り出される小刀。

まるで舞いを見ているようだった。

「さぁ伊豆守様」

「動かぬ」

家臣に告げる。主の存外な言葉に、家臣が呆けたような声を上げた。

「儂こそが体制。儂こそが幕府」

足の裏で地面を噛み、信綱は微動だにしない。身体の芯から震えが湧き起こってくるが、腹に力をこめて堪えていた。

「儂が動くこと、それはすなわち民の力に体制が押されたということ。だからこそ、儂は決して動かぬ」

「万一ということもござります故」

「幕府が揺らぐなど、万に一つもあってはならぬのじゃっ」

信綱の叫びを聞いた十兵衛が走り出した。柵から飛びだしたその背中は、一直線に獣を目指している。

「太平の世のため。儂は死なぬ。決して動かぬ」

野性を抑えずしてなんの理性か。

来るなら来い。

信綱は眼前の獣だけを見つめていた。

*

なにかが坂を駆け降りてくる。

あいつだ。

松子を殺した侍……。

その後ろには、三つの扇の旗。

もうすぐだ。

待ってろ四郎。

虎は十兵衛に向かってまっすぐ駆けた。

すでに全身の感覚は麻痺している。気が遠くなるほどの時間、ずっと戦いつづけている。死んでいないことがおかしいくらいだった。

虎はもう自分が誰なのかさえ忘れはじめている。

四郎や松子。山を下りてから出会った様々な人々の顔が頭の中を過っては消えてゆく。

生きた。

精一杯生きた。

人として。

獣として。

十兵衛が近づいてくる。

「死ねぇぇぇぇぇぇっ」

十兵衛が叫びながら刀を掲げた。片方だけの目が虎をにらみつけている。

虎は小刀を噛みしめた歯の隙間から、雄叫《おたけ》びを発した。

刀を振り下ろす十兵衛。

両足を大きく曲げ、一気に伸ばして虎は飛んだ。

交錯。

十兵衛の胸から鮮血がほとばしる。刀をぶらさげたまま、その場に前のめりに倒れた。虎は地面に叩きつけられた。坂を転がり落ちる。

不意に顔が上がり、口に銜えた小刀が地面に突き立った。

荒い呼気が牙の間から漏れる。

小刀を引き抜き、腹と足で地面を掻きながらもう一度突き刺す。先刻よりもわずかに坂を登った所に小刀が突き立った。

繰り返す。

そうして少しずつ登ってゆく。

腹の底に力が入らない。どうやら十兵衛に斬られたようだが、虎にはそれを確認する余裕はなかった。

敵が周囲を取り囲む。

坂の上に誰かが立っている。見下ろすその目は、虎だけに向いていた。

取り囲む敵が槍を構えた。

「やめいっ」

坂の上から見下ろしていた男が叫んだ。敵は一斉に槍を止めた。

男が降りてくる。

小刀を動かし坂を登った。

男が虎の前に立つ。その足が虎の額を止める。そのわずかな動作で前に進むことができなくなるほど、虎は弱っていた。

地面に突き立つ小刀から口を離し、男を見上げる。立ち上がる力すらない虎にはそれが精一杯だった。

「すでに城は落ちた。あとは残った者を撫で斬りにいたすのみ」

自己を失いつつある虎には、男の言葉の意味が理解できない。

「そこまでしてなにを求める」

虎は答えることもできず、ただ男を見つめている。

「そなたは負けたのだ」

負け。

虎の虚ろな心の中に、その言葉だけが染み入る。

己は目の前の男に負けたのか。

たしかにもう抵抗する力は残っていない。

「そなたも、愚かな切支丹どももも、我らに負けたのだ」

切支丹……。

「し、四郎」

虎は無意識のうちにつぶやいていた。

四郎のために……。

そうだ……。

伊豆守を殺さねばならない。

朦朧《もうろう》としていた意識がわずかに目覚める。

「御主は儂を欲したのではないのか」

男が虎を見下ろしながら微笑んだ。

「この松平伊豆守の首を討てば戦は終わる。そう思い、御主はここまで来たのであろう。が、それも無駄なことよ」

この男が伊豆守……。

辿り着いたぞ四郎。

「儂が死んでも代わりはおる。それが体制というものよ。御主らがいくら足掻いたところで、体制は揺るがぬ」

動け。

俺の身体よ……。

動いてくれ。

四肢が脈打ち、最後の力を虎に与えた。

額を押さえる足を押し退け、跳ねる。

「ひっ」

伊豆守が恐怖に顔を引きつらせながら、仰け反った。

首……。

嚙む。

力が入らない。

喉元に喰らいついたはずの伊豆守が、遠くに立っている。

虎は己の身体を見た。
槍……。
無数の槍が虎の全身を貫いていた。
視界が薄れてゆく。
「し、しろ……」
伊豆守の姿がぼやけてゆく。
もう声を発する力すら残っていない。
山だ。
眩しいほどの緑の中、虎は駆けていた。
隣で四郎が笑っている。
ありがとう。
それが虎の心に浮かんだ最期の言葉だった。

＊

終わった。

すべてが終わった。

三万八千もの人間が死んだ。

黒煙が立ち上る城を見つめ、信綱は勝利を噛みしめていた。

苦い……。

あれはなんだったのか。

単身、己の目の前まで辿り着いた男の姿が頭を過る。

命を顧みない蛮行。

なのに男は笑っていた。息絶えるその時、男はみずからの生に満足して死んだ。

己はあのように死ねるか。

おそらく無理だ。

幕府のため、体制のため、これからも戦いつづける己に、安らかな死など決しておとずれないだろう。

それでも信綱は歩みつづける。

多くの命を犠牲にし、その屍《しかばね》の上に築く太平の世だ。みずからの命を投げ出す覚悟がなければ抱えられぬ。

歩みつづけるのだ。

どこまでも……。

黒く煙る城を背にし、信綱は歩きだす。その手には、柄糸までぼろぼろになった血《ち》塗《まみ》れの小刀が握られていた。命の炎を懐に抱くように、信綱は小刀をそっと腰に差す。

この日、乱は終結した。

（了）

解説

縄田一男（文芸評論家）

このところ矢野隆の勢いが止まらない。

昨二〇一九年に刊行した『至誠の残滓《ざんし》』や本二〇二〇年に刊行した『愚か者の城』といった具合に、いずれも作者の代表作といっても良い出来栄えを示している。

前者は、明治になってからの新撰組の残党——東京駒場《こまば》で古物屋を営む松山勝《まつやままさる》＝原《はら》田左之助《だのすけ》。新聞錦絵《にしきえ》の記者・高波梓《たかなみあずさ》＝山崎烝《やまざきすすむ》。いまでは新政府の犬と揶揄《やゆ》される警官・藤田五郎《ふじたごろう》＝斎藤一《さいとうはじめ》——の三人が、新しい時代にふさわしいもう一つの〝誠〟を手に入れるまでを描いたものだ。

彼らは、こと志と違って生き残ったことで、自嘲《じちょう》気味に日々を過ごしているが、斎藤一からの情報で、人買を業としている元長州士族や、窃盗団と対峙し、牙《きば》をむく。

そうした中、左之助は「正義のため、誠のため、命を懸けて戦っていた若い頃の自分を思い出し、久方ぶりの感動を味わ」うも、所詮、それは郷愁でしかない。

作者はモノトーンの色調の中、男たちが打ち上げる花火のようなきらめきを点描しつつも、新しい時代に置いてけぼりになりそうな彼らのおののきをも活写。このあたりのタッチは絶妙といっていい。

それが大きく変わるのは、斎藤一が、新政府の巨魁《きょかい》・山県有朋《やまがたありとも》と接触を持つようになってからだ。斎藤は山県の下《もと》で犬として働くことに疲れ切っているが、そもそもの発端は、山県のそばにいれば、いつかは自分の士道を発見できると思い、これまでは耐えてきた。だが、自分の士道とは、志とは何だ。

斎藤一が己の誠を見出すには巧みな構成が施されているので詳述はしないが、しかし、このラストの清々《すがすが》しさはどうだ。

男たちは、迷い、傷つき、遂に、新しい時代の〝誠〟を手に入れるのである。

一方、『愚か者の城』だが、こちらは、今年（二〇二〇年）の新刊で読者の方々も書店で手に取りやすいと思うので、簡単に触れておくが、主人公は木下藤吉郎《きのしたとうきちろう》である。

但し、断っておくが、この一巻、従来のいわゆる『太閤記』的な臭みは一切なく、作品のテーマを一言で記せば、藤吉郎の青春の終焉《しゆうえん》である。作中の藤吉郎は、百姓の持つ泥臭さにコンプレックスを抱きつつも、自分は天下人になる、と心の中で思っていながら、その方法も、いや、自分の居場所すら分からぬ、彷徨《ほうこう》の中にいる。良き妻・於禰《おね》を持ちながら、信長《のぶなが》の妹・於市《おいち》に抱き続ける恋慕の苦しさ。そして藤吉郎をめぐる人の輪の何というすばらしいことか——読者はまったく新しい秀吉像に触れ、目からウロコの思いがすることであろう。

さて、前置きが長くなったが、こうして次々と意欲作に挑んでいる矢野隆のオールタイムベストに入る力作が、本書『乱』である。この長篇は「小説現代」の二〇一二年十二月号から二〇一三年六月号にかけて連載され、二〇一四年五月、講談社から刊行された。

それにしても、矢野隆は、どうしてこれほどまでに深い哀しみを描くことができるのだろうか。

本書は、父母の死んだ後、山中で野生児として暮らしてきた〝虎《とら》〟の眼を通して島原の乱を描いた作品だ。

読者は冒頭、孤独や哀しみという感情すら持たない〝虎〟の生き方に触れてたまらない思いにかられるだろう。その〝虎〟が、里へ下りて行き、村の畑を荒らした咎《とが》で捕えられたとき、天草四郎《あまくさしろう》らに許されることで、より大きな哀しみを知る存在=人間へと近づくことになる。〝虎〟から人間へ——これは、人間が〝虎〟になってしまう中島敦《なかじまあつし》の『山月記《さんげつき》』の逆ではないか。

では、何故、人間は哀しいのか？

それは、時代が変わっても人間の繰り返す愚行は変わらないからであろう。人間は最初の一人が殺したから殺し続ける生き物であり、今日に至っても大地が人の血を吸わない日は一日たりともないはずである。

一方、四郎も、実は自分が単なる旗頭にすぎず、切支丹《キリシタン》迫害を逆手にとって、打倒公儀を企てる父や森宗意《もりそうい》らを如何《いかん》ともし難く、苦悩の底にあった。

そして〈個〉の哀しみを抱える〝虎〟と〈公〉の苦悩を抱える四郎との出会いは、この作品の一つの救いでもある。しかし、いざ乱が起きれば、四郎の号令下（ということで）、神の子、切支丹たちは、人を殺すために武器を取り、四郎を盲信する〝虎〟は先陣を切って自らの手を血で汚してゆく。

そして、ここでほくそ笑む男たちが、もう一方にいる。

この乱を利用し、公儀という権力の箍《たが》を締《し》め直そうとしている老中・松平信綱《まつだいらのぶつな》。そして、この信綱と同様、大名たちはようやくその統制下に置いたものの、幕府は、民衆をまだ完全に掌握《しょうあく》し切れていないと、志を同じくする将軍家剣術指南役、柳生宗矩《やぎゅうむねのり》――彼らはここに、三万八千人の生贄《いけにえ》を欲したのである。

結果、豊臣秀吉の刀狩以来、大衆が武器というものを持ったことのない特殊な国、日本の完成を見ることになるのである。

このモチーフは、堀田善衞《ほったよしえ》の『海鳴りの底から』とも共通し、作品に広がりを持たせている。

また、これまで切支丹一揆と見られてきた島原の乱は、近年、島原、天草の領主らの苛斂誅求《かれんちゅうきゅう》に対して農民が蜂起したものととらえられてきたが、作者はさらに第三の道筋を用意している。

というのは、島原の乱は、公儀が忍者を出動させた最後の闘いであり、甲賀《こうが》十人衆は、公儀が引きあげた後も、夥《おびただ》しい死体を黙々と、かつ、手厚く埋葬、その中には江戸に帰らぬ者もあったという（清水昇『戦国忍者列伝』より）。

その意味で、作者がこの一巻を深い哀しみという一点をもって描き出したのは誠に当を得ているといえるだろう。

冒頭で紹介した二作とこの『乱』を見ただけでも、矢野隆の作品が、一作毎に迫力と完成度を増していることは明らかだが、実は作者は、とんでもないスケールを持った大河連作小説をスタートさせているのである。

それが『源匣記《げんこうき》　獲生伝《かくしょうでん》』で、この第一巻は約四〇〇頁《ページ》の歴史ファンタジーで、正しく大部の巨篇といっていい仕上がりである。

帯の惹句にあるように、作品の舞台となるのは、日華融合の架空の大陸で、その中でさまざまな史観やイマジネイションが炸裂する。私見では、この大作は『指輪物語』や『十二国記』に匹敵する可能性を孕《はら》んでいると思われる。

　ことの発端は、ある日、突然、大陸に現れた巨大な山・真天山《しんてんざん》の頂上に出現した、これまた巨大な「源匣」から、無数の「小匣《こばこ》」が放たれたことに依《よ》る。「小匣」は人と人とをつなぐことができ、これを抱いた〝真族《しんぞく》〟たちは大陸の覇者となり、王朝を築いた。「小匣」には、己の運命を暗示する「天字《てんじ》」と呼ばれる一文字が刻まれており、稀《まれ》に「源匣」の持つ力を一時的に引き出す〝奉天《ほうてん》〟という現象を引き起こすことができる。こうして〝真族〟が大陸を支配し、被征服民の〝緋眼《ひがん》〟は、その圧政に苦しんでいた。

　主人公の木曾捨丸《きそすてまる》は、村長である父の謀叛《むほん》の企てが発覚、目の前で両親を殺され、己も怒りにまかせて〝真族〟の一人を殺して「小匣」を奪い、獲生と名を変えて、さすらいの旅に出る。その「小匣」に記されている文字は〝棄〟であった。

　このくだりでの捨丸の思い——「緋眼であることを、この村を、全てを棄てる」は実に切ない。

が、物語は読者にそんな余韻を抱かせる暇も与えず、パワフルに突き進んでいく。そして様々な人々との出会い——たった一人だけ「小匣」を開けたことのある男・宝《ほう》李《り》、盤海《ばんかい》・娘鈴《こりん》父子が率いる旅一座の芸人たち（彼らは政《まつりごと》の埒外《らちがい》におり、自力救済を口にするくだりは、隆慶一郎《りゅうけいいちろう》が網野善彦《あみのよしひこ》の中世史学から引用した「道々の輩《ともがら》」「公界《くがい》の者」を思わせる）。

さらに獲生の兵隊仲間で、俺は帝になる男だ、とうそぶく転疾《てんしつ》。そして、武芸自慢のこの二人が束になってもかなわない武來《ぶらい》等々。

そして、獲生の旅は、父が死に際に遺した「風は何処より来たりて、何処へと吹きゆくのか」ということばの答えを求めてはじめられたものだが、あることから袂《たもと》を分かった獲生と転生のあいだにどのような運命が訪れるのか——これ以上は書けないが、長期シリーズとなる『源匣記』の今後に寄せる期待は大きい。

さて、『乱』より『源匣記』の説明の方が長いじゃないか、といわれる方がいるかもしれないが、ごもっとも。しかし、これには理由がある。私は昨年（二〇一九年）の後半から恥を忍んで講談社ＹｏｕＴｕｂｅチャンネルのＢｕｎｄａｎＴＶ、ものふ書評に出演しているが、何故、恥を忍んでかというと、某アナウンサーの如き、蝶ネクタイをさせられ、刀を持ち、書評の最後には、片岡千恵蔵《かたおかちえぞう》ら、往年の時代劇スターの声帯模写をしてしめくくるからである。

その中で、放送の開始に間に合ったもの、すなわち『至誠の残滓』と『源匣記　獲生伝』は取り上げているが、特に後書のように壮大なスケールを持ち、ぶ厚く値段が張る作品は、昨今のように景気の悪い世の中では、この一巻のような作品は、苦戦が予想される。しかしながら、約四〇〇頁《ページ》で一九八〇円（税込）はだいぶ値段が抑えられており、他の物価の値上がりに較《くら》べれば、本はそれほど高くなってはいないのである。

そして何より、『源匣記』にはその値段を超えた面白さがある。

本書を読み終わった方は、ぜひとも『源匣記』を！

●本書は二〇一四年五月に、小社より刊行されました。
文庫化にあたり、一部を加筆・修正しました。

|著者|矢野 隆 1976年福岡県生まれ。2008年『蛇衆』で第21回小説すばる新人賞を受賞。その後、『無頼無頼《ぶらぶら》ッ！』『兇』『勝負《ガチ》！』など、ニューウェーブ時代小説と呼ばれる作品を手がける。また、『戦国BASARA3 伊達政宗の章』『NARUTO－ナルト－シカマル新伝』といった、ゲームやコミックのノベライズ作品も執筆して注目される。他の著書に『弁天の夢 白浪五人男異聞』『清正を破った男』『生きる故』『我が名は秀秋』『戦始末』『鬼神』『山よ奔《はし》れ』『大ぼら吹きの城』『朝嵐《あさあらし》』『至誠の残滓《ざんし》』『源匣記《げんこうき》 獲生伝』『愚か者の城』などがある。

乱《らん》

矢野《やの》 隆《たかし》

講談社文庫

定価はカバーに
表示してあります

2020年5月15日第1刷発行

発行者──渡瀬昌彦

発行所──株式会社 講談社

東京都文京区音羽2-12-21 〒112-8001

電話 出版 (03) 5395-3510
販売 (03) 5395-5817
業務 (03) 5395-3615

デザイン─菊地信義

本文データ制作─講談社デジタル製作

印刷───豊国印刷株式会社

製本───株式会社国宝社

Printed in Japan

ISBN978-4-06-519665-6

講談社文庫刊行の辞

二十一世紀の到来を目睫に望みながら、われわれはいま、人類史上かつて例を見ない巨大な転換期をむかえようとしている。

世界も、日本も、激動の予兆に対する期待とおののきを内に蔵して、未知の時代に歩み入ろうとしている。このときにあたり、創業の人野間清治の「ナショナル・エデュケイター」への志を現代に甦らせようと意図して、われわれはここに古今の文芸作品はいうまでもなく、ひろく人文・社会・自然の諸科学から東西の名著を網羅する、新しい綜合文庫の発刊を決意した。

激動の転換期はまた断絶の時代である。われわれは戦後二十五年間の出版文化のありかたへの深い反省をこめて、この断絶の時代にあえて人間的な持続を求めようとする。いたずらに浮薄な商業主義のあだ花を追い求めることなく、長期にわたって良書に生命をあたえようとつとめるところにしか、今後の出版文化の真の繁栄はあり得ないと信じるからである。

同時にわれわれはこの綜合文庫の刊行を通じて、人文・社会・自然の諸科学が、結局人間の学にほかならないことを立証しようと願っている。かつて知識とは、「汝自身を知る」ことにつきていた。現代社会の瑣末な情報の氾濫のなかから、力強い知識の源泉を掘り起し、技術文明のただなかに、生きた人間の姿を復活させること。それこそわれわれの切なる希求である。

われわれは権威に盲従せず、俗流に媚びることなく、渾然一体となって日本の「草の根」をかたちづくる若く新しい世代の人々に、心をこめてこの新しい綜合文庫をおくり届けたい。それは知識の泉であるとともに感受性のふるさとであり、もっとも有機的に組織され、社会に開かれた万人のための大学をめざしている。大方の支援と協力を衷心より切望してやまない。

一九七一年七月

野間省一

講談社文芸文庫

加藤典洋
村上春樹の世界
世界的な人気作家を相手につねに全力・本気の批評の言葉で向き合ってきた著者が作品世界の深淵に迫るべく紡いできた評論を精選。遺稿「第二部の深淵」を収録。

解説=マイケル・エメリック
かP6
978-4-06-519656-4

加藤典洋
テクストから遠く離れて
ポストモダン批評を再検証し、大江健三郎、高橋源一郎、村上春樹ら同時代小説の読解を通して来るべき批評の方法論を開示する。急逝した著者の文芸批評の主著。

解説=高橋源一郎　年譜=著者、編集部
かP5
978-4-06-519279-5

宮城谷昌光　湖底の城〈呉越春秋〉八
水木しげる　コミック昭和史1〈関東大震災～満州事変〉
水木しげる　コミック昭和史2〈満州事変～日中全面戦争〉
水木しげる　コミック昭和史3〈日中全面戦争～太平洋戦争開始〉
水木しげる　コミック昭和史4〈太平洋戦争前半〉
水木しげる　コミック昭和史5〈太平洋戦争後半〉
水木しげる　コミック昭和史6〈終戦から朝鮮戦争〉
水木しげる　コミック昭和史7〈講和から復興〉
水木しげる　コミック昭和史8〈高度成長以降〉
水木しげる　総員玉砕せよ！
水木しげる　敗走記
水木しげる　白い旗
水木しげる　姑《クー》娘《ニャン》
水木しげる　決定版 日本妖怪大全〈妖怪・あの世・神様〉
水木しげる　ほんまにオレはアホやろか
宮部みゆき　ステップファザー・ステップ
宮部みゆき　新装版 震える岩〈霊験お初捕物控〉
宮部みゆき　新装版 天狗風〈霊験お初捕物控〉
宮部みゆき　ＩＣＯ《イコ》―霧の城―(上)(下)

宮部みゆき　ぼんくら(上)(下)
宮部みゆき　新装版 日暮らし(上)(下)
宮部みゆき　おまえさん(上)(下)
宮部みゆき　小暮写眞館(上)(下)
宮子あずさ　看護婦が見つめた人間が死ぬということ
宮子あずさ　看護婦が見つめた人間が病むということ
宮子あずさ　ナースコール
宮本昌孝　家康、死す(上)(下)
三津田信三　忌《い》館《かん》〈ホラー作家の棲む家〉
三津田信三　作者不詳〈ミステリ作家の読む本〉(上)(下)
三津田信三　蛇《じゃ》棺《かん》葬《そう》
三津田信三　百《ひゃく》蛇《じゃ》堂《どう》〈怪談作家の語る話〉
三津田信三　厭魅《まじもの》の如き憑くもの
三津田信三　凶鳥《まがとり》の如き忌むもの
三津田信三　首無《くびなし》の如き祟るもの
三津田信三　山魔《やまんま》の如き嗤《わら》うもの
三津田信三　水魑《みづち》の如き沈むもの
三津田信三　密室《ひめむろ》の如き籠《こも》るもの
三津田信三　生霊《いきだま》の如き重《だぶ》るもの

三津田信三　幽女《ゆうじょ》の如き怨むもの
三津田信三　シェルター 終末の殺人
三津田信三　ついてくるもの
三津田信三　誰かの家
宮田珠己　ふしぎ盆栽ホンノンボ
道尾秀介　カラスの親指〈by rule of CROW's thumb〉
道尾秀介　水の柩
深《み》木《き》章《あき》子《こ》　鬼畜の家
深木章子　螺《ら》旋《せん》の底
湊かなえ　リバース
宮内悠介　彼女がエスパーだったころ
宮乃《みやの》崎《さき》桜子《さくらこ》　綺《き》羅《ら》の皇女《ひめみこ》(1)
宮乃崎桜子　綺羅の皇女(2)
村上龍　海の向こうで戦争が始まる
村上龍　走れ！タカハシ
村上龍　愛と幻想のファシズム(上)(下)
村上龍　音楽の海岸
村上龍　村上龍料理小説集
村上龍　村上龍映画小説集

講談社文庫　目録

村上　龍　新装版 限りなく透明に近いブルー
村上　龍　新装版 コインロッカー・ベイビーズ
村上　龍　歌うクジラ（上）（下）
向田邦子　新装版 眠る盃
向田邦子　新装版 夜中の薔薇
村上春樹　風の歌を聴け
村上春樹　1973年のピンボール
村上春樹　羊をめぐる冒険（上）（下）
村上春樹　カンガルー日和
村上春樹　回転木馬のデッド・ヒート
村上春樹　ノルウェイの森（上）（下）
村上春樹　ダンス・ダンス・ダンス（上）（下）
村上春樹　遠い太鼓
村上春樹　国境の南、太陽の西
村上春樹　やがて哀しき外国語
村上春樹　アンダーグラウンド
村上春樹　スプートニクの恋人
村上春樹　アフターダーク
村上春樹 佐々木マキ絵　羊男のクリスマス

村上春樹 佐々木マキ絵　ふしぎな図書館
村上春樹 糸井重里　夢で会いましょう
村上春樹・文 安西水丸・絵　ふわふわ
U・K・ル＝グウィン 村上春樹訳　空飛び猫
U・K・ル＝グウィン 村上春樹訳　帰ってきた空飛び猫
U・K・ル＝グウィン 村上春樹訳　素晴らしいアレキサンダーと、空飛び猫たち
U・K・ル＝グウィン 村上春樹訳　空を駆けるジェーン
T・ファリッシュ著 B・ルート絵 村上春樹訳　ポテト・スープが大好きな猫
群　ようこ　いいわけ劇場
村山由佳　永遠。
村山由佳　天翔る
睦月影郎　新・平成好色一代男 隣人と。女子アナと。
睦月影郎　密通妻
睦月影郎　卒業一九七四年
睦月影郎　初夏一九七四年
睦月影郎　快楽のグルメ
睦月影郎　快楽のリベンジ
睦月影郎　快楽ハラスメント
睦月影郎　快楽アクアリウム

向井万起男　渡る世間は「数字」だらけ
村田沙耶香　授乳
村田沙耶香　マウス
村田沙耶香　星が吸う水
村田沙耶香　殺人出産
村瀬秀信　気がつけばチェーン店ばかりでメシを食べている
室積　光　ツボ押しの達人
室積　光　ツボ押しの達人 下山編
森村誠一　悪道
森村誠一　悪道 西国謀反
森村誠一　悪道 御三家の刺客
森村誠一　悪道 五右衛門の復讐
森村誠一　悪道 最後の密命
森村誠一　棟居刑事の復讐
森村誠一　日蝕の断層
森村誠一　ねこの証明
毛利恒之　月光の夏
森　博嗣　すべてがFになる〈THE PERFECT INSIDER〉
森　博嗣　冷たい密室と博士たち〈DOCTORS IN ISOLATED ROOM〉

講談社文庫　目録

森　博嗣　笑わない数学者〈MATHEMATICAL GOODBYE〉
森　博嗣　詩的私的ジャック〈JACK THE POETICAL PRIVATE〉
森　博嗣　封印再度〈WHO INSIDE〉
森　博嗣　幻惑の死と使途〈ILLUSION ACTS LIKE MAGIC〉
森　博嗣　夏のレプリカ〈REPLACEABLE SUMMER〉
森　博嗣　今はもうない〈SWITCH BACK〉
森　博嗣　数奇にして模型〈NUMERICAL MODELS〉
森　博嗣　有限と微小のパン〈THE PERFECT OUTSIDER〉
森　博嗣　黒猫の三角〈Delta in the Darkness〉
森　博嗣　人形式モナリザ〈Shape of Things Human〉
森　博嗣　月は幽咽のデバイス〈The Sound Walks When the Moon Talks〉
森　博嗣　夢・出逢い・魔性〈You May Die in My Show〉
森　博嗣　魔剣天翔〈Cockpit on knife Edge〉
森　博嗣　恋恋蓮歩の演習〈A Sea of Deceits〉
森　博嗣　六人の超音波科学者〈Six Supersonic Scientists〉
森　博嗣　捩れ屋敷の利鈍〈The Riddle in Torsional Nest〉
森　博嗣　朽ちる散る落ちる〈Rot off and Drop away〉
森　博嗣　赤緑黒白〈Red Green Black and White〉
森　博嗣　四季　春～冬

森　博嗣　φ《ファイ》は壊れたね〈PATH CONNECTED φ BROKE〉
森　博嗣　θ《シータ》は遊んでくれたよ〈ANOTHER PLAYMATE θ〉
森　博嗣　τ《タウ》になるまで待って〈PLEASE STAY UNTIL τ〉
森　博嗣　ε《イプシロン》に誓って〈SWEARING ON SOLEMN ε〉
森　博嗣　λ《ラムダ》に歯がない〈λ HAS NO TEETH〉
森　博嗣　η《イータ》なのに夢のよう〈DREAMILY IN SPITE OF η〉
森　博嗣　目薬α《アルファ》で殺菌します〈DISINFECTANT α FOR THE EYES〉
森　博嗣　ジグβ《ベータ》は神ですか〈JIG β KNOWS HEAVEN〉
森　博嗣　キウイγ《ガンマ》は時計仕掛け〈KIWI γ IN CLOCKWORK〉
森　博嗣　χ《カイ》の悲劇〈THE TRAGEDY OF χ〉
森　博嗣　イナイ×イナイ〈PEEKABOO〉
森　博嗣　キラレ×キラレ〈CUTTHROAT〉
森　博嗣　タカイ×タカイ〈CRUCIFIXION〉
森　博嗣　ムカシ×ムカシ〈REMINISCENCE〉
森　博嗣　サイタ×サイタ〈EXPLOSIVE〉
森　博嗣　女王の百年密室〈GOD SAVE THE QUEEN〉
森　博嗣　迷宮百年の睡魔〈LABYRINTH IN ARM OF MORPHEUS〉
森　博嗣　赤目姫の潮解〈LADY SCARLET EYES AND HER DELIQUESCENCE〉
森　博嗣　まどろみ消去〈MISSING UNDER THE MISTLETOE〉

森　博嗣　地球儀のスライス〈A SLICE OF TERRESTRIAL GLOBE〉
森　博嗣　今夜はパラシュート博物館へ〈THE LAST DIVE TO PARACHUTE MUSEUM〉
森　博嗣　虚空の逆マトリクス〈INVERSE OF VOID MATRIX〉
森　博嗣　レタス・フライ〈Lettuce Fry〉
森　博嗣　僕は秋子に借りがある I'm in Debt to Akiko〈森博嗣自選短編集〉
森　博嗣　どちらかが魔女 Which is the Witch?〈森博嗣シリーズ短編集〉
森　博嗣　探偵伯爵と僕〈His name is Earl〉
森　博嗣　喜嶋先生の静かな世界〈The Silent World of Dr. Kishima〉
森　博嗣　実験的経験〈Experimental experience〉
森　博嗣　そして二人だけになった〈Until Death Do Us Part〉
森　博嗣　つぶやきのクリーム〈The cream of the notes〉
森　博嗣　つぼやきのテリーヌ〈The cream of the notes 2〉
森　博嗣　つぼねのカトリーヌ〈The cream of the notes 3〉
森　博嗣　ツンドラモンスーン〈The cream of the notes 4〉
森　博嗣　つぼみ茸《きのこ》ムース〈The cream of the notes 5〉
森　博嗣　つぶさにミルフィーユ〈The cream of the notes 6〉
森　博嗣　月夜のサラサーテ〈The cream of the notes 7〉
森　博嗣　つんつんブラザーズ〈The cream of the notes 8〉
森　博嗣　１００人の森博嗣〈100 MORI Hiroshies〉

講談社文庫　目録

森　博嗣　的を射る言葉〈Gathering the Pointed Wits〉
森　博嗣　DOG&DOLL
諸田玲子　其《そ》の一日《いちにち》
諸田玲子　森家の討ち入り
森　達也　「自分の子どもが殺されても同じことが言えるのか」と叫ぶ人に訊きたい
森　達也　すべての戦争は自衛から始まる
本谷有希子　腑抜けども、悲しみの愛を見せろ
本谷有希子　江利子と絶対〈本谷有希子文学大全集〉
本谷有希子　あの子の考えることは変
本谷有希子　嵐のピクニック
本谷有希子　自分を好きになる方法
本谷有希子　異類婚姻譚
茂木健一郎　「赤毛のアン」に学ぶ幸福《しあわせ》になる方法
茂木健一郎　東京藝大物語
茂木健一郎 with ダイアログ・イン・ザ・ダーク　まっくらな中での対話
森川智喜　キャットフード
森川智喜　スノーホワイト
森川智喜　一つ屋根の下の探偵たち
森　晶麿　ホテルモーリスの危険なおもてなし
森　晶麿　恋路ヶ島サービスエリアとその夜の獣たち
森　晶麿　M博士の比類なき実験
森林原人　セックス幸福論〈偏差値78のAV男優が考える〉
桃戸ハル編・著　5分後に意外な結末〈ベスト・セレクション〉
山岡荘八　新装版 小説太平洋戦争 全6巻
山田風太郎　甲賀忍法帖〈山田風太郎忍法帖①〉
山田風太郎　伊賀忍法帖〈山田風太郎忍法帖③〉
山田風太郎　忍法八犬伝〈山田風太郎忍法帖④〉
山田風太郎　魔界転生(上)(下)〈山田風太郎忍法帖⑥⑦〉
山田風太郎　風来忍法帖〈山田風太郎忍法帖⑪〉
山田風太郎　新装版戦中派不戦日記
山田正紀　大江戸ミッション・インポッシブル〈顔役を消せ〉
山田正紀　大江戸ミッション・インポッシブル〈幽霊船を奪え〉
山田詠美　晩年の子供
山田詠美　A《エイ》2《トゥ》Z《ズィ》
山田詠美　ジェントルマン
山田詠美　珠玉の短編
柳家小三治　ま・く・ら
柳家小三治　もひとつま・く・ら
柳家小三治　バ・イ・ク
山口雅也　垂里冴子のお見合いと推理
山本一力　深川黄表紙掛取り帖
山本一力　牡丹酒〈深川黄表紙掛取り帖㈡〉
山本一力　ジョン・マン1　波濤編
山本一力　ジョン・マン2　大洋編
山本一力　ジョン・マン3　望郷編
山本一力　ジョン・マン4　青雲編
山本一力　ジョン・マン5　立志編
椰月美智子　十二歳
椰月美智子　しずかな日々
椰月美智子　ガミガミ女とスーダラ男
椰月美智子　恋愛小説
椰月美智子　メイクアップデイズ
柳　広司　キング&クイーン
柳　広司　怪談
柳　広司　ナイト&シャドウ
柳　広司　幻影城市
薬丸　岳　天使のナイフ

2020年3月15日現在